Nonna

Une histoire sarde.

Roberto Demurtas

Nonna

Une histoire sarde

Récit

© 2024 Roberto Demurtas

Édition : BoD • Books on Demand GmbH, In de Tarpen
42, 22848 Norderstedt (Allemagne)
Impression : Libri Plureos GmbH, Friedensallee 273,
22763 Hamburg (Allemagne)

Illustration :
**Statuette en bronze dite de la déesse mère soutenant
un guerrier mort.** *VIII-VII Siècle avant J-C.*
Musée archéologique national de Cagliari, Sardaigne.

ISBN : 978-2-3225-4416-5

Dépôt légal : Août 2024

Du même auteur :

Désordre, *Nouvelles.*

Le der des ders, *Roman épistolaire.*

La cabine d'essayage, *Journal.*

Par ordre d'entrée en scène :
Peppino, Giustina, Luigina, Antonio.

Première partie

Ma mère

Un frisson me parcourt le corps et me tire de mon sommeil. J'ouvre les yeux sur l'obscurité. Le froid s'est glissé dans le lit. Je ne sens plus la chaleur de votre corps, grand-mère, contre lequel je m'étais endormi. Je tends le bras, ma main se pose sur des draps vides et glacés.

Mes yeux s'accoutument à l'obscurité et parcourent l'espace de cette chambre où je me trouve seul. J'entends une voix qui provient de la pièce d'en bas. C'est celle d'une femme, essoufflée, haletante. Je comprends. C'est la voix de ma mère qui se plaint, qui gémit. Vous êtes auprès d'elle grand-mère, car le moment est venu. Elle sera bientôt libérée de la charge de ce ventre qui était devenu si gros et si lourd qu'il entravait ses gestes répétés au long d'éreintantes journées de travail dans les champs.

Je ferme les yeux. J'écoute et j'imagine ce que je ne peux voir, ce mystère, cette épreuve héroïque que doit accomplir une femme pour qu'au sommet de la douleur un bébé s'échappe de son ventre.

Je me recroqueville, les bras et les jambes repliées contre ma poitrine pour me préserver du froid. Depuis cette chambre plongée dans le noir, j'entends les plaintes de ma mère et éprouve l'étrange sensation d'assister à mon propre enfantement. Blotti dans son ventre, je vis une seconde naissance. À l'aube, je vais ouvrir les yeux sur le monde, le découvrir tel qu'il est, le prendre de plein fouet.

C'est vous, grand-mère, qui allez me mettre au monde. Vous vous occuperez de tout, comme d'habitude. D'ailleurs, c'est vous qui avez choisi mes parents en mariant votre fille à ce berger venu du village voisin, alors que son ventre était déjà gros de celui que j'allais être.

Vous avez de l'expérience. Vous avez eu sept enfants. Mais la vie était si dure sur cette île que tous les frères et sœurs de ma mère sont morts en bas âge. Et puis, il y avait cette maladie. Celle qui te donne la fièvre, des frissons de froid et te vide de tes forces. Elle emporte les vieux et les jeunes enfants, cloue au lit les journaliers qui travaillent au fond de la vallée, au bord du *Rio Pardù* où pullulent les moustiques. Personne n'est à l'abri. Tout le monde l'attrape un jour ou l'autre. Les vieux prétendent même qu'il suffit de respirer l'air impur des régions marécageuses pour attraper la *mal'aria*.

Vous saurez prendre soin de moi, grand-mère. Vous allez me panser, me laver, m'essuyer puis me rouler dans un linge pour me préserver du froid qui s'infiltre dans la maison en ce mois de janvier.

Demain, après m'avoir allaité, ma mère retournera travailler dans la campagne, loin du village. Elle ne peut pas se permettre de perdre le revenu d'une journée. C'est vous, grand-mère, qui vous occuperez de moi. Si je pleure, pour tromper ma faim et me faire patienter, vous introduirez un doigt dans ma bouche que je sucerai avant de partager au sein d'une femme du voisinage le lait de son enfant.

Le soir, je m'endormirai sous votre toit, dans ce lit où cette nuit je rêve de ma naissance, porté par les voix et les bruits qui me parviennent de la pièce d'en bas. Je rêve que je sors du ventre de ma mère, qu'elle me prend dans ses mains pour me tenir tout contre elle, une nuit, un instant. Mais au matin, comme chaque jour depuis six ans, c'est dans votre lit que je m'éveillerai, là où vous avez su me préserver, tout bébé, de la fraîcheur des nuits dans ce village égaré dans les montagnes sardes.

C'est comme une seconde chance qui s'offre à moi. Je vais naître à nouveau. Différent peut-être de celui qu'on a présenté à mon père, quelques jours après ma naissance, lorsqu'il est rentré des pâturages où le retenait son troupeau de brebis. Peut-être, cette fois, acceptera-t-il cet enfant qui ne lui ressemble pas, qui n'a ni ses yeux bleus, ni ses cheveux blonds et dont il n'a pas voulu sous son toit ?

J'ai changé en six ans. J'ai observé, j'ai appris, je suis devenu fort depuis le jour où vous m'avez recueilli, grand-mère. À cause de la guerre qui nous condamne à la misère, j'ai appris à trouver ma nourriture et à défendre mon territoire avec la même détermination que le cochon, la chèvre et les quelques poules qui vont et viennent entre la maison et le jardin.

Je suis toujours aux aguets. Le moindre bruit me réveille. Je reconnais ce tapotement rapide et sec qui vient d'en bas. Je me précipite au pied de l'escalier et chasse les poules qui picorent le grain entreposé dans la maison. Je les repousse dehors dans un nuage de poussière que soulèvent leurs battements d'ailes.

Je m'habille. Vous m'avez confié un travail. Je dois surveiller les poules qui traînent derrière elles une longue ficelle. Je les suis par les ruelles où elles se répandent pour fouiller la terre avec leur bec. En voilà une qui se couche. Je bondis, empoigne la cordelette et tire violemment pour l'empêcher de déposer son œuf dans ce nid improvisé. Au levé du jour, d'une main experte, vous avez sondé chacune d'elles et noué une ficelle à la patte des poules qui étaient sur le point de pondre. Je ramène celle-ci cher nous. Les enfants du village seraient trop heureux de trouver un œuf abandonné. Ils se contenteront des couvées de perdrix qu'ils savent dénicher lorsque la faim les tiraille ou des œufs de merles et de pigeons sauvages, minuscules et fragiles, qu'ils dérobent dans leurs nids et absorbent d'une gorgée, perchés sur les arbres.

Sans cette ficelle qu'elles traînent derrière elles, j'aurais bien du mal à attraper ces volatiles. Je n'ai pas votre adresse, grand-mère. Je peux tout juste me saisir de cette poule qui se tient à l'écart des autres et ne se nourrit plus. Je vous l'apporte, car il faut prendre soin de nos animaux. Vous me l'avez assez dit. Ce sont les seuls biens que nous possédons. Vous palpez sa panse dure et gonflée. L'animal a avalé une trop grande quantité de sable en fouillant le sol. Alors, assise sur une chaise, vous immobilisez la poule affaiblie entre vos cuisses. Je vous regarde, les yeux écarquillés, saisir un couteau et ouvrir le ventre de la malheureuse qui s'agite et caquette, avant d'appliquer une pression sur son corps pour expulser ce trop-plein de sable qui gênait sa digestion. Ensuite, vous attrapez une aiguille, un bout de ficelle et vous vous attelez patiemment à recoudre la plaie ouverte de la bête terrorisée.

L'opération terminée, la patiente rejoint ses congénères. Je la suis dans la rue et n'en crois pas mes yeux. Une fois remise de ses émotions, la poule se ragaillardit et se remet à becqueter fébrilement le sol à la recherche de quoi remplir son ventre vide.

Le lendemain, au réveil, je la cherche aux alentours, partout où la faim la conduit d'ordinaire pour dénicher sa pitance. Je la trouve enfin, étendue sur le sol, morte, victime d'une erreur de diagnostic ou des suites de l'opération désespérée que vous avez tentée pour la sauver.

Notre cochon me suit partout, dans la rue, sur les chemins, docile comme un petit chien. Son museau flaire frénétiquement le sol, et déniche ici et là des fruits pourris tombés de leur arbre et des vers qu'il déterre avidement malgré l'anneau qui entrave son groin et l'empêche de ravager le terrain.

L'été, il m'accompagne au pied des figuiers de Barbarie. Contre les feuilles hérissées d'épines de ces cactus, je livre un combat farouche afin de leur dérober leurs fruits juteux. Ces fruits qu'il suspend hors de portée de ceux qui les convoitent, comme on joue à agacer un enfant qui ne peut se saisir de la friandise que l'on tient à bout de bras. Je me suis fait une arme d'une tige de bambou séchée. J'ai entaillé son extrémité avec mon couteau avant d'y glisser une pierre pour écarter les trois doigts d'une pince que j'ai consolidée avec une ficelle. Sans cet instrument, je ne pourrais m'approcher des feuilles du cactus recouvertes de grosses épines. En le tenant à bout de bras, je reste à une distance suffisante de celles, minuscules, qu'emporte le vent lorsque je saisis une figue avec la pince du bambou avant de la détacher de sa feuille d'un mouvement de rotation du manche. Je dévore ce fruit juteux. Notre cochon se régalera de sa peau que vous aurez fait sécher au soleil.

À l'automne. Je le conduis au pied des chênes. Je remplis mes poches de glands avant qu'il ne les ait tous engloutis. Vous dites que ça donnera un bon goût à sa chair, même si vous appréciez moins ce café que vous obtenez en torréfiant la part de ma récolte.

D'où je me tiens, éloigné du lieu de son supplice, j'entends encore les hurlements de notre cochon. Je sais que tout sera terminé lorsque l'odeur de *l'elicriso* se répandra dans le village. Cette plante aromatique que l'on enflamme pour brûler ses poils. Je me console. On mangera de la viande à Noël. Le soir, sur la place du village, les adultes comparent à la largeur de leurs doigts joints l'épaisseur du lard de leur cochon, tandis que je cours pieds nus avec les autres enfants derrière un éphémère ballon fait de la vessie de l'animal que l'on a empli d'air.

J'ai un nouveau compagnon. Je galope aux trousses d'une chèvre qui bondit de rocher en rocher. Je l'ai baptisé *Campidano*, même si elle n'est pas à nous. Je l'accompagne et la surveille là où elle saura dénicher des herbes ou des ronces avant que vous ne tiriez son lait pour le partager à parts égales avec l'homme qui nous l'a confié.

Je me lève avant l'aube. Vous me glissez quelques fruits secs dans les poches : des amandes et des figues dont nous avons fait la réserve l'été. Lorsque je sors de la maison, le paysage est encore plongé dans l'obscurité. Le ciel est parsemé d'une poussière lumineuse. En chemin, je fixe longuement l'étoile du berger qui brille encore tandis que l'aurore éclaire lentement le firmament.

J'entends les cris d'autres enfants du village qui courent après leur chèvre sur ce terrain où la végétation se dispute à la rocaille. Nous nous retrouvons pour partager nos provisions. L'un d'eux accepte d'échanger contre des amandes une part de la polenta qu'il porte dans sa besace.

Nous jouons ensuite. Nous livrons des combats. De tiges d'arbres, nous faisons des arcs et des épées. Une branche de sureau nous tient lieu de fusil. Dans son canal évidé, nous introduisons un gland que propulse l'air comprimé par une baguette de bois enfoncée par l'autre extrémité.

Nous poursuivons notre escapade jusqu'au pont qui franchit le *Rio Pardù*. Nous nous alignons le long du parapet pour relever le défi qu'un garçon a lancé. On rit, on se moque de Daria qui veut participer à une compétition qui n'est pas pour les filles. Mais elle ne renonce pas. Elle retrousse sa jupe, se met à quatre pattes sur le bord du pont, dos au vide, et urine de toutes ses forces au-delà de ce qu'aucun d'entre nous, debout, le pantalon baissé, ne parvient à atteindre.

J'ouvre les yeux. Je me souviens. Je suis dans ma chambre. Vous êtes en bas, dans la pièce au rez-de-chaussée où vous assistez ma mère qui va accoucher.

Je distingue bientôt les moindres objets de cette chambre sans lumière. Mes yeux se sont accoutumés à l'obscurité lorsque j'étais tout petit. Sur ce chemin que j'empruntais avec vous, à la nuit tombée, sous une voûte constellée d'étoiles, pour aller arroser notre potager. L'eau est précieuse ici. Chacun irrigue son bout de terrain à tour de rôle. Le nôtre arrive parfois tard, lorsque le soleil s'est couché, ce qui ne vous déplaît pas, la terre s'en portera mieux.

J'emboîte votre pas, aussi près de vous que possible pour ne pas me perdre. Nous arrivons sur les lieux. Vous m'expliquez le travail que je dois accomplir pour vous aider. Ce n'est pas très difficile pour un enfant de mon âge. Il importe surtout de ne pas succomber au sommeil : perdu dans l'obscurité à l'autre extrémité de la rigole que vous arrosez, je dois, l'instant venu, annoncer l'arrivée de l'eau jusqu'à moi. Elle ne doit pas déborder, je dois rester vigilant, malgré la fatigue. Dans la pénombre, je perçois ce ruissellement, le devine, mais ne distingue l'eau qu'au dernier instant, lorsqu'elle me rejoint. D'une rigole à l'autre, à intervalles réguliers, ma voix rompt le silence de la nuit et éloigne chaque fois plus difficilement le sommeil qui m'assaille. Mais je n'y tiens plus, je m'accroupis, presque vaincu. Pourtant, il ne faut pas défaillir, je ne dois pas vous décevoir. Alors, j'ai une idée. Je me recroqueville sur moi-même, dans une position où je peux m'assoupir sans crainte de sombrer dans le sommeil, dans l'attente d'une eau dont l'extrême fraîcheur suffira à me réveiller au contact de mes pieds nus que j'ai posés au creux de la rigole.

Je sursaute et bondis hors de mon rêve sous la morsure du froid. Je suis dans mon lit, dans cette chambre, toujours seul. J'entends des gémissements, des plaintes, la voix saccadée de ma mère.

Je n'ai pas peur puisque vous êtes auprès d'elle. J'entends les mots que vous prononcez pour rassurer et calmer votre fille. Vous savez ce qu'il faut faire. Je m'apaise, tout va bien se passer.

Ma mère est forte et courageuse. Tout le monde le sait au village. Plusieurs fois, vous m'avez fait le récit du miracle qu'elle a accompli, il y a moins d'un an de cela, lors de la naissance de ma petite sœur. Souvent, j'imagine l'épreuve qu'elle a vécue ce jour-là. Je me rendors, je la vois en rêve.

Elle est vêtue de sa longue robe sombre, porte un foulard autour de la tête. Elle est seule, tout au fond de la vallée, loin de tous, penchée sur la terre qu'elle travaille comme chaque jour, sans faiblir, malgré ce ventre toujours plus lourd. Elle accomplit ces gestes appris enfant, avec une précision et une rapidité que l'expérience lui a permis d'adapter aux contraintes de son état. Elle ne s'inquiète pas lorsque surviennent les douleurs, lorsqu'elle comprend que le moment est venu.

Elle se réfugie à l'abri de la chapelle Sainte-Lucie, toute proche. Elle lutte seule, dans la douleur, sous la seule protection de celle qui donnera son nom à la petite fille qui vient de naître.

Elle la prend dans ses mains usées par le travail de la terre. Elle la libère, l'essuie et l'enveloppe avec ses vêtements. Les pleurs du bébé cessent lorsque sa bouche trouve le sein maternel. Puis, celui-ci rassasié, elle rassemble les forces qui lui reste, se redresse et s'engage avec l'enfant dans les bras sur le long chemin qui conduit au village.

À flanc de colline, lentement, elle gravit la pente rocailleuse, si abrupte, que la descendre même, par le poids de son ventre, lui était devenu difficile. Elle marche péniblement, pèse de sa main libre sur la jambe qui avance, s'agrippe aux branches des buissons, prend appui sur un rocher.

Elle s'assied un instant sur une pierre en bordure du sentier. Elle reprend son souffle et considère à la position du soleil le temps qui lui reste avant qu'il ne se couche.

Elle porte le regard devant elle, au loin. Elle aperçoit des maisons. Mais ce n'est pas Osini. Ce n'est pas son village, mais Gairo, son reflet, comme un mirage qui lui apparaît alors qu'elle est à bout de fatigue et en proie au vertige. Cette commune est perché à flanc de montagne, à la même altitude que le sien, de l'autre côté de la vallée, inaccessible. Une interminable route sinueuse serpente lentement à flan de montage pour relier entre elles les deux localités.

Sœurs ennemies, elles se toisent à distance, liées par une rivalité sans fondement que perpétuent, à travers les rixes qui les opposent, leurs plus jeunes enfants réunis en bandes. Ici, on se moque volontiers des garçons de Gairo. On raconte qu'une nuit, la faim avait fait perdre la raison à plusieurs d'entre eux. Les uns après les autres, ils s'étaient jetés dans une piscine, sur le reflet d'une lune pleine, de peur de ne pas avoir leur part de ce qu'ils avaient pris pour un fromage.

De part et d'autre de la vallée, lorsque la faim et la misère accablent les habitants de ces deux villages perdus, chacun en vient à maudire l'image si fidèle de sa triste réalité que lui renvoie l'autre commune.

Considérant le parcours qui lui reste à accomplir et, à la faible clarté, l'heure avancée dans la soirée, elle se redresse sur ses jambes fatiguées et péniblement reprend le chemin du retour. À la tombée de la nuit, elle arrive au terme de son ascension, exténuée, dans un village endormi. L'inquiétude vous a tenue éveillée, grand-mère. Vous la soulagez du poids de l'enfant, auquel vous prodiguez les premiers soins avant de l'envelopper dans un linge propre.

Ma mère vous fait alors le récit de l'épreuve qu'elle vient de vivre. Elle raconte les douleurs, interminables, de plus en plus aiguës ; ses plaintes, ses cris, que j'entends maintenant, qui me tirent de mes rêves, montent de plus en plus forts jusqu'à moi, qui écoute et imagine depuis mon lit ce que je ne peux voir, ce que je devine de l'épreuve héroïque, interminable, que doit accomplir une mère pour qu'au sommet de la souffrance qui lui tire des cris, succèdent ceux d'un bébé crachant le liquide qui emplissait encore ses poumons.

Durant un long moment, seuls se font entendre les braillements du nouveau-né. Ma mère épuisée garde le silence tandis que vous vous activez autour du nourrisson. Bientôt, les pleurs s'apaisent et, dans la quiétude retrouvée, je cède à la fatigue et glisse lentement vers des rêves où se confond l'événement que je viens de vivre.

Mais la voix de ma mère se fait entendre à nouveau, me tire de mes songes et me ramène lentement à la réalité. Elle se lamente, maudit la vie qui est la sienne. Jamais la pénurie ne nous a autant accablés qu'en ces années de guerre. Comment faire face à l'arrivée de cet enfant ? Comment accomplir désormais le travail qui suffit tout juste à leur subsistance s'il lui faut partager son temps et son lait entre ce nourrisson et un bébé qui n'a pas encore un an ? Nos maigres revenus n'y suffiront pas.

Aux beaux jours, après les moissons, il lui faudra porter l'enfant avec elle, le poser dans un nid fait de chiffons au bord du champ de blé, tandis qu'elle se penchera pour glaner entre les brins de paille, une poignée d'épis oubliés. Sur le chemin du retour, la maigre récolte paraîtra bien dérisoire au regard du poids de l'enfant. Lorsqu'elle alternera sa charge d'un bras à l'autre, se réveillera la douleur d'une fracture mal soignée après la chute qu'elle fit d'un cerisier dont elle cueillait les fruits. On avait alors improvisé un bandage avec du chanvre trempé dans du blanc d'œuf. En séchant, il avait durci et immobilisé son bras gauche durant plusieurs jours où elle continuait à travailler d'une seule main.

Mais désormais, je pourrai l'aider. Je connais bien ce travail. Je fouille le sol avec application, comme vous me l'avez montré, grand-mère. Il est plus facile pour moi de me baisser. Au-delà des champs, partout dans la campagne, je déniche les herbes comestibles que vous m'avez apprit à reconnaître. Un jour, je croise un garçon de mon village qui explore le sol à quatre pattes. Je plaisante de le voir ainsi imiter un cochon. Il rit de mon sourire aux dents vertes d'avoir trop mastiqué ces herbes sauvages.

Dans notre quête de nourriture, nous restons prudents. Les Carabiniers ont transmis des recommandations aux enfants du village. Il ne faut pas s'approcher des objets inconnus qu'on peut trouver par terre. Surtout, ne pas les manipuler, même si, par leur aspect, certains ressemblent à des jouets. Prévenir aussitôt les autorités. Mais désormais, ces avertissements sont inutiles. Plus personne ne commettra cette imprudence depuis le drame qui a marqué le village. Un objet insolite avait éveillé la curiosité d'un enfant, sa ressemblance avec un jouet trompé sa vigilance. Ce cadeau tombé du ciel a explosé entre ses mains. Il a perdu la vie, le camarade qui l'accompagnait l'usage de ses yeux.

Pourtant, les avions de guerre passent haut dans le ciel. Trop haut peut-être pour voir notre village. Ils vont larguer leurs bombes au loin sur les grandes villes.

C'est pour cela que tous les jours des inconnus arrivent jusqu'ici. Ils frappent à notre porte. Vous leur donnez un peu de nourriture. Ils n'ont plus rien. Ils ont tout perdu en venant sur les hauteurs se mettre à l'abri des bombardements.

Au détour d'une rue, j'aperçois plusieurs d'entre eux lancés à la poursuite d'un chien. Il est plus rapide, il va leur échapper. Les hommes se séparent alors en deux groupes pour attirer et prendre au piège l'animal dans une rue sans issue. Ils se jettent sur lui, l'empoignent et lui font lâcher ce qu'il tenait dans sa gueule. Le chien s'enfuit, tandis que les hommes se partagent et dévorent un gros morceau de pain dur.

Vous m'avez appris à me méfier de ces bêtes errantes que la faim peut rendre agressives. Aussi, j'observe à distance cet autre chien amaigri dont le comportement m'intrigue. La langue pendante, il va et vient nerveusement tout en fixant un buisson de l'autre côté de la route. L'animal s'immobilise, le buisson a bougé. Une tête apparaît. Un homme se redresse, reboutonne son pantalon et s'éloigne, indifférent à ceux qui l'observent. Le chien bondit derrière le buisson. Je m'approche, me penche et éclate de rire tout en me bouchant le nez devant le spectacle de cet animal dévorant l'étron encore chaud.

Mais le chien grogne et me montre ses crocs. Je sursaute. Le grondement augmente, menaçant. Je reste pétrifié. C'est un vrombissement maintenant. Je comprends ce bruit sourd. Je reconnais le ronflement des moteurs d'avions qui brisent le silence de la nuit et me tire en sursaut de mon sommeil. Passé un instant de panique, les douleurs de mes pieds se réveillent et me rappellent à la réalité. Je dors à la belle étoile. Le chien du berger hurle vers le ciel constellé que déchirent les bombardiers.

J'ai eu beaucoup de mal à trouver le sommeil cette nuit, vaincu par la fatigue d'une journée durant laquelle j'ai enduré de terribles souffrances en marchant sur les chemins rocailleux qui conduisent aux pâturages.

Mais je ne me suis pas plaint une seule fois. Vous étiez trop heureuse de me voir chausser à cinq ans mes premiers souliers. Le berger qui m'emploie m'a conduit chez le cordonnier qui m'a fabriqué une paire sur mesure. Ils me sont indispensables pour assurer la garde de son troupeau d'agneaux durant les trois mois d'hiver où ils doivent être tenus éloignés de leur mère. Je suis heureux de vous rapporter un peu d'argent par ce travail. Même si on m'éloigne de vous pour la première fois, comme un agneau parmi les agneaux. Mais je serre les dents sous les meurtrissures que m'infligent ces semelles rigides découpées dans le caoutchouc d'un pneu et ce cuir mal tanné qui me râpe la peau.

Lorsqu'il pleut, l'eau rétrécit cette enveloppe qui enserre mes pieds. Je me recroqueville sous un grand parapluie avant que l'eau n'imprègne et n'alourdisse ce pull et ce pantalon de laine que vous m'avez tricotés.

Je supporte ces souliers et la fibre rêche de mes vêtements de l'aube au crépuscule. Je traîne mon ennui sur des chemins escarpés où je n'ai d'autre compagnie que celle des bêtes. Je ne prononce d'autres paroles que les onomatopées par lesquelles on m'a appris à les diriger. Je n'ai pas le droit de m'approcher de Silvio, l'autre pâtre. Mon patron lui a confié la garde des brebis et la consigne de les tenir à bonne distance de mes agneaux. Je le retrouve le soir, dans la cabane de berger, autour du repas. C'est le meilleur moment de la journée car nous mangeons à notre faim, même si c'est tous les jours la même chose : des fèves bouillies, parfois un petit morceau de lard et encore des fèves, jusqu'à l'écœurement.

Mais je me couche le ventre plein emmitouflé dans mes vêtements. Je me recroqueville sur une peau de brebis posée à même le sol, me couvre d'une seconde peau et de quelques chiffons, une pierre me sert d'oreiller.

Trois troncs d'arbres plantés dans le sol se rejoignent pour former la charpente d'un toit fait de branchages entre lesquels s'infiltre la pluie. La murette de pierres qui délimite le périmètre de la cabane du berger laisse entrer le froid.

Cette nuit, sa morsure était trop forte, j'ai quitté cet abri précaire et exigu pour m'étendre à la belle étoile. Loin du village, dans l'épaisse obscurité de la nuit, je me suis endormi, blotti sur une peau posée contre la chaleur du tas de fumier, bravant les odeurs et le danger des gaz qui s'échappent de cet amas fermenté.

Mais maintenant, le chien du berger ne veut plus se taire. Il hurle à la mort. De longues plaintes montent jusqu'au ciel depuis la pièce d'en bas. J'ouvre les yeux. Je suis dans ma chambre. Ce sont les lamentations de ma mère que j'entends. Elle est désespérée. Le courage et la force qu'elle avait su puiser lors de la naissance de sa fille l'ont désormais abandonnée. Sa volonté est brisée. Vos pleurs se mêlent aux sanglots de ma mère, impuissante que vous êtes à préserver la seule de vos sept enfants devenue adulte d'une existence aussi désespérante que fût la vôtre.

Longtemps, vous restez sans parler, étouffant des sanglots derrière lesquels ont reprit les pleurs du nourrisson.

Le temps semble suspendu durant cette nuit interminable. Les minutes semblent des heures. Puis une voix étouffée se fait entendre à nouveau. Je saisis difficilement ce que prononce plus bas, la gorge nouée, celle qui a pris la parole. Je tends l'oreille, je distingue quelques mots dits d'un ton grave et posé. J'entends mon nom. Puis je perçois votre pas feutré qui gravit lentement l'escalier jusqu'à la chambre. Dans l'obscurité, vous avancez à tâtons vers le lit. Je sens votre souffle lorsque vous vous penchez au-dessus de moi, au plus près, jusqu'à discerner mon visage, impassible, aux paupières imperturbablement closes.

Vous vous éloignez. Je garde les yeux fermés comme pour mieux entendre malgré les pleurs du bébé la discussion qui a repris tout bas. Je devine aux bruits qui parviennent jusqu'à moi, depuis cette pièce dont je connais tous les recoins, les déplacements et les gestes que ma mère et vous accomplissez avec précaution. Vous ne parlez plus. Vous agissez en silence.

Durant un long moment, je ne perçois que les plaintes continues et monocordes du nourrisson. Puis, ses gémissements augmentent, des braillements aigus sortent de sa gorge. Alors je devine et comprends que vous vous agitez autour de lui, pour contenir ses pleurs, pour l'immobiliser et peser de toutes vos forces sur ce corps secoué de convulsions. Soudain, dans un dernier cri, j'entends s'échapper l'air que contenaient ses poumons lorsque s'y engouffre, inexorablement, l'eau de la bassine où le maintiennent immergé les mains qui lui ont donné la vie.

Deuxième partie

Ma grand-mère

Je suis allongé sur notre lit. Je ne respire plus. Je ne bouge plus. J'ai peur de briser ce silence terrifiant. Je voudrais que cette nuit ne se termine jamais. Je voudrais qu'elle me replonge dans mes rêves, qu'elle me garde de la réalité, de ces bruits, de ces cris qui me reviennent continuellement en tête, comme si j'étais pris de fièvre, agité par la malaria. Je lutte contre mon insomnie, contre ce cauchemar obsédant que je chasse sans espoir, car je sais que je n'en serai pas libéré par la lumière du jour.

Je suis seul dans ce lit. Livré à moi-même, comme jeté à l'eau, sans bouée. Je ne sais plus à quoi me raccrocher. Je cherche désespérément cette terre, votre corps grand-mère, cette île sur laquelle j'ai échoué, qui m'a recueilli lorsque j'étais bébé. Cette terre faite de monts et de plaines, qui m'a nourri et abrité. Cette terre sur laquelle je me reposais, contre laquelle je m'endormais, apaisé, chaque soir.

Je reste longtemps à guetter les moindres bruits et à scruter cette pièce les yeux grands ouverts sur l'obscurité. Je me suis acclimaté à la nuit. Je ne veux pas affronter la lumière du jour, ce serait trop douloureux. J'ai peur de venir au monde, de le découvrir tel qu'il est réellement, au jour de ma seconde naissance, à l'âge de 6 ans.

Mais les premières lueurs dissipent la pénombre. Des bruits familiers me proviennent depuis l'extérieur de la maison.

Je sors du lit. Je descends lentement l'escalier. La lumière me brûle les yeux. Je me protège derrière mon bras, comme un coupable mis à jour qui craint de se voir asséner une correction, pour avoir traîné au lit, pour avoir préféré la nuit.

Au pied de l'escalier, je découvre le macabre tableau. Ma mère s'en est allée. Ici, les jours qui suivent un décès reprennent rapidement leur cours. Ils ne dévient pas davantage de ceux qui précèdent une naissance, le travail n'attend pas.

Vous êtes seule. J'évite votre regard lorsque vous m'annoncez ce que je sais déjà. Je ne manifeste aucune émotion. Mes yeux sans larmes se posent sur le corps inerte de ce petit frère qu'on ne m'a pas donné.

Je ne laisse rien paraître. Je me mure dans le silence, comme derrière un rempart d'où j'observe ce qui m'entoure sans être vu du médecin qui vient à la maison pour constater le décès du bébé.

Il compatit. Il déplore la misère de ces années de guerre, la pénurie et l'insalubrité qui condamne les plus faibles. Il raconte des histoires terribles. Il dit qu'il ne peut s'empêcher de songer aux bébés morts en couches lorsqu'il foule le sol en terre des maisons de ses patients où, dit-on, certains y ont été ensevelis. Il s'interrompt, se retourne vers moi, comme s'il s'apercevait soudain de ma présence. Je lis dans ses yeux la crainte de m'avoir effrayé par le récit qu'il vient de faire. Je soutiens son regard. Peut-il imaginer que j'ai vécu bien pire cette nuit ?

Vous lui manifestez votre impatience. Il ausculte le petit corps inerte puis il accorde le permis d'inhumer, fermant les yeux en vertu de sa longue expérience sur une mort dont il ne peut ignorer la cause ni les raisons.

Je n'ai pas un mot pour le menuisier du village qui apporte cette petite boîte en bois que vous lui avez commandée.

J'observe vos gestes en silence. Vous déposez au fond de son cercueil le bébé enveloppé dans un linge. Vous vous saisissez d'un marteau et de cette petite boîte qui contient des clous rouillés glanés ici et là tandis que je reste les bras ballants. Moi, si prompt d'ordinaire à vous seconder, je suis incapable d'esquisser le moindre geste. Mais vous n'avez pas besoin de moi, vous vous acquittez parfaitement de ce travail d'homme. Comme ces femmes du village qui ont appris à se passer d'un mari parti à l'étranger pour gagner le revenu que le travail de sa terre natale ne lui apporte pas.

D'autres ont perdu la vie sur les lointains champs de bataille de la Grande Guerre, ou sont rentrés au pays amoindris par une blessure, une maladie ou les irrémédiables dégâts causés par l'inhalation des gaz de combat. Comme mon grand-père que je n'ai pas connu. Il vous a laissé veuve à l'âge de trente-trois ans.

Votre main ne tremble pas. Vous œuvrez avec précision et efficacité, sans trahir la moindre émotion. Je dissimule la mienne, les yeux rivés sur cette petite boîte, tandis que vous scellez le couvercle et emprisonnez dans mon cœur le secret de la mort de ce bébé à l'aide de pointes acérées qui pénètrent profondément dans ma chair à chaque coup de marteau.

Vous m'appelez et me tirez de ma torpeur. Votre besogne est terminée. Vous m'expliquez ce que vous attendez de moi. Je reste sans voix, hébété, mais je ne rechigne pas. Je comprends que vous me soumettez à une épreuve. Il me faut accomplir cette tâche pour vous démontrer que je ne suis plus un enfant, que j'ai grandi à vos côtés, que je peux désormais affronter ce monde tel qu'il s'est révélé à moi, dans toute sa cruauté, durant cette nuit.

Sans dire un mot, je soulève le petit cercueil et le cale sous mon bras. En franchissant la porte, j'évite de croiser votre regard. Vous me connaissez trop bien, vous liriez dans le mien. Je vous soupçonne un instant d'avoir deviné, cette nuit, lorsque vous êtes montée dans la chambre, habituée à veiller sur mon sommeil, que je ne dormais pas réellement, que désormais j'ai perdu mon innocence d'enfant.

Pouvez-vous imaginer la difficulté de l'épreuve que vous m'infligez ? Si cette boîte n'est pas bien lourde, elle contient bien plus que ce que vous y avez enfermé. Elle est lourde d'un secret qu'il me faut désormais porter seul.

Tout au long du chemin, me reviennent sans cesse les paroles que ma mère et vous avez échangées durant cette nuit. Sous son toit vivent déjà mon jeune frère Vittorio et une petite sœur d'un an, Lucia. Elle ne peut nourrir un enfant de plus. C'est pour nous que ce bébé a été sacrifié, pour nous permettre de survivre malgré la misère et la faim.

Par cette épreuve que vous m'infligez, vous me demandez de taire ce que personne ne pourrait entendre. Vous me demandez d'enfouir ce secret au plus profond de moi-même, d'être le complice d'un crime accompli en mon nom.

Je traverse la place du village sous le regard curieux des vieux assis sur leur banc. Je ne peux échapper à leur attention. Ils sont toujours à la même place. De leur poste d'observation, ils veillent sur les pierres comme sur les hommes, garants de l'ordre immuable des choses. Ils observent les faits et gestes quotidiens, semblables d'un jour à l'autre, parfaitement réglés sur la position du soleil dans le ciel.

Par ma seule apparition accoutrée de cette boîte en bois, je dérange un ordre si bien réglé qu'il me semble provoquer un cataclysme. Je m'efforce de rester absorbé par la mission que vous m'avez confiée. Je marche d'un pas solennel, sans un regard pour quiconque, ainsi qu'il me semble convenir en la circonstance. Tant pis si je trahis ainsi la gravité de l'instant. Sans doute, forts de leur expérience de la vie, les vieux ont-ils deviné où me mènent mes pas. Je sens leurs regards qui me scrutent. J'ai l'impression qu'ils vont me pétrifier comme les murs des maisons, m'enraciner comme les figuiers, comme ces gens qui ne bougent plus, qui ne partiront jamais de ce village, qui mourront là où ils sont nés, sans avoir rien vu d'autre.

Je comprends maintenant les paroles pleines d'amertume qu'avait prononcées un homme de retour au village devant ceux qui le questionnaient sur son expérience d'émigré. Il faut du courage et beaucoup de force pour quitter cette île. La chance ne se présente qu'une fois. Il faut saisir le bon moment pour aller chercher une vie meilleure par-delà la mer. Il faut partir avant qu'il ne soit trop tard. Avant que le regard des vieux ne vous fige à jamais parmi les pierres de cette terre aride et ingrate. Je veux quitter cette île avant que la guerre ne m'emporte respirer l'air empoisonné des tranchées qui a tué ce grand-père que je n'ai pas connu. Il a eu moins de chances que ces vieux assis sur leur banc.

Je creuse à grand peine le sol desséché et poussiéreux de cette île aride perdue au cœur de la Méditerranée. Ce trou est étroit et peu profond, mais il est assez grand pour cacher cette petite boîte en bois que j'ai transportée sous mon bras depuis notre maison jusqu'à la fosse commune.

Je l'ensevelis sous la terre retournée que je tasse de mes pieds nus. Rien ne signale son emplacement : aucune croix, aucune pierre, aucun signe dans cette partie du cimetière réservée à ceux qui n'ont pas mérité une sépulture chrétienne. Le curé de la paroisse n'accompagne pas à leur dernière demeure les défunts qui n'ont pas été baptisés.

Devant cette tombe, je promets de ne jamais raconter à personne le drame de cette nuit. J'ai enfoui sous terre, là où personne ne pourra le découvrir, le secret que vous avez enfermé dans une boîte. J'ai parachevé le travail. Je vous ai obéi, comme j'ai toujours obéi à celle qui m'a élevé, protégé et nourri et qui me condamne aujourd'hui à dissimuler toute ma vie un secret trop lourd à porter.

Je rentre chez nous les mains meurtries par le travail que j'ai accompli. Je regarde mes doigts contusionnés et songe que vous m'avez infligé cette besogne pour que j'éprouve cette terre. Pour que je mesure l'ingratitude de mon sol natale, qui donne si peu à ceux qui le travaillent si durement.

À travers le corps de ce bébé, c'est mon enfance

défunte que j'ai enfouie dans ce trou. Ce garçon que vous avez adopté comme votre propre fils est un adulte désormais, livré à la cruauté de cette île. Cette terre qui offrit à ma mère le refuge improvisé d'une grotte lorsque son ventre plein s'ouvrit un jour où elle travaillait loin du village. Mais la petite fille n'a pas survécu au-delà de quelques semaines. Elle est retournée dans les entrailles de la terre. Le trou d'où elle était sortie s'est refermé sur elle.

Tout est la faute de ce maudit pays qui ne nourrit pas à leur faim ceux qui le peuplent. Cette terre cruelle a engendré des êtres aussi impénétrables et mystérieux que cette île. Ils peuvent donner la vie ou la reprendre, le temps d'une nuit.

Un rêve me poursuivit. Je suis plongé dans le noir. J'entends des voix de femmes. Je m'agite en tous sens. Je comprends. J'assiste à ma propre naissance. L'épreuve est longue et douloureuse. Les gémissements se mêlent aux sanglots puis les pleurs aux braillements lorsque je sors d'entre vos cuisses. Vous me prenez dans vos mains, m'apportez les premiers soins. Vous me lavez, m'essuyez, puis me roulez entièrement dans un linge, avant de me poser au fond d'une boîte en bois dont vous clouez le couvercle à grands coups de marteau.

Je me réveille en sursaut, brusquement projeté dans le silence, les yeux grands ouverts sur l'obscurité, tandis que j'agite les bras en tous sens comme pour m'extraire de cette boîte. Puis, ma main s'immobilise. Je ne discerne pas ce que je sens sous mes doigts. J'ignore où je me trouve. Puis, je comprends la fraîcheur de cette pièce, je reconnais la texture de ces draps, la chaleur de ces cuisses entre lesquelles ma main s'est aventurée dans les remous de mon mauvais rêve. Je la retire aussitôt, troublé.

C'est décidé. Je ne partagerai plus cette couche. Je ne suis plus un enfant. Je ne me blottirai plus contre ce corps qui m'a choyé et protégé durant 6 années. Je dormirai désormais au pied du lit, à même le sol. Je vais endurer l'inconfort de ma terre natale, là où ce rêve qui m'agite ne saurait troubler votre sommeil et trahir mon tourment.

Je sursaute au moindre bruit. Il me faut quelques secondes pour me remettre de mon émotion avant d'ouvrir à celui qui tambourine à la porte. Je n'ai jamais vu cet homme. Il transporte sur son dos tout un monticule de vieux habits et d'objets de toutes sortes. Je comprends, vous m'avez mis en garde, grand-mère. Parfois, des vendeurs ambulants font étape au village et passent de maison en maison pour vendre leur marchandise. Mais vous n'êtes pas là. Vous m'avez laissé seul à la maison. J'ai l'habitude, je ne suis plus un enfant. Je suis presque un homme maintenant. Alors je mens sur mon âge. Je suis un grand. Ça tombe bien, dit-il, il y a là des choses qui peuvent m'intéresser. Il déballe ses ustensiles, fait apparaître des jouets avec la dextérité d'un magicien tout en accompagnant son numéro de quelques notes tirées d'un harmonica. Mais je ne suis pas bon public. Je ne m'enthousiasme pour aucun des objets qu'il fait surgir devant moi. Mon attention est distraite par cette musique. Par le son de cet instrument que je ne quitte plus des yeux.

L'homme joue de plus belle, un de ces morceaux qui entraîne les adultes dans la danse les soirs de fête sur la place du village. La tête me tourne. Cela semble si facile. Il dit que je pourrai en faire autant, que cet harmonica sera à moi pour un coût dérisoire. Mais je n'ai pas d'argent. Je n'ai rien à lui donner. Autour de moi, il n'y a aucun objet de valeur à troquer. À moins que ce vieux manteau ne fasse l'affaire. C'est un vêtement que vous avez confectionné vous-même, il y a longtemps déjà. Mais vous ne le portez plus. J'oublie seulement que la saison ne s'y prête pas. Je le tends à l'homme. Il fait la moue, hésite, le palpe entre ses doigts puis accepte. Je jubile. Il me tend ce jouet sans valeur avec un sourire que je ne comprends pas, mais qui m'importe peu, l'harmonica est à moi.

Vous rentrez et l'envie de vous faire écouter mon instrument me passe aussitôt lorsque vous m'interrogez, que vous comprenez que je me suis fait berné, que votre manteau est perdu, que vous n'aurez plus rien à vous mettre lorsque l'hiver reviendra. Le climat change du tout au tout. L'orage s'abat sur moi.

On frappe à la porte. Je me souviens de la correction que vous m'avez infligée. Je suis sur mes gardes. Je l'entrouvre légèrement, et lève la tête vers cette silhouette qui se découpe sur un ciel lumineux. J'oppose ma main aux rayons du soleil. Je devine ce visage qui se penche, s'approche et pose sur moi le regard étrange d'un œil unique qui me fait sursauter d'un bond en arrière. Alors, pour calmer mes craintes, il retire la besace qu'il tenait en bandoulière, en sort du fromage, du lard et d'autres provisions qu'il me tend. Je comprends le marché qu'il me propose. Les yeux fixés sur la nourriture, je ne bouge pas, ne dis mot, comme étranger à cette discussion entre mon ventre, cet homme et vous, grand-mère, qui êtes à la maison ce jour-là et qui vous interposez. On ne me bernera pas une seconde fois. Vous levez la voix. Non ! Il n'en est pas question. Toi, le berger, tu n'emmèneras pas cet enfant jusqu'à ta bergerie. Qu'oses-tu exiger d'un fils dont tu as toujours prétendu qu'il n'était pas le tien ? Cet enfant qui ne te ressemble pas a reçu sous ce toit plus d'amour et d'affection que son propre père ne pourra jamais lui en promettre. On n'a d'autorité que sur ceux que l'on aime.

Maintenant, tu te rappelles que tu as un fils. Tu le voudrais à tes côtés désormais, là-bas dans la campagne, pour qu'il surveille tes bêtes lorsque tu reviens au village vendre le fromage fabriqué à la bergerie. Comme les autres bergers du village, tu comptes sur l'aîné de tes enfants pour traire tes brebis et les protéger de la convoitise des brigands qui rôdent autour des troupeaux. Et en échange de son enfance volée, tu te contenteras de le payer avec un morceau de fromage et un bout de pain.

Je reste impassible. J'oppose un silence de mépris à celui qui n'a jamais tenu son rôle de père et désire aujourd'hui me faire travailler pour lui. Je ne peux intervenir dans ce conflit qui vous oppose à cet homme. Je ne peux vous dire pourquoi je n'ai plus rien de commun avec cet enfant dont vous vous disputez l'autorité. Mon secret est enfermé dans une petite boîte en bois.

Je devine ce que sont les projets de ce berger pour moi. Je sais quel avenir il me prépare. Il croit faire de moi un homme en m'enseignant le métier de pâtre. Il veut m'apprendre à endurer l'isolement de la bergerie, à supporter le silence de la campagne de jour comme de nuit. Il veut m'apprendre à conduire ses moutons, à reconnaître chacun d'eux, à déceler d'un coup d'œil une bête malade pour l'isoler du troupeau. Il veut que je m'adapte à l'obscurité profonde pour que s'y aiguisent mon ouïe et ma vue afin de prévenir l'intrusion d'un brigand venu égorger un agneau. Voilà tout ce que sera le savoir du berger inculte et illettré que je deviendrai si je le suis.

Je sais tout cela, car j'ai déjà fait ce travail pour un autre que lui. Pour celui qui vous versait ce salaire dont vous aviez tant besoin, grand-mère. Peut-être vouliez-vous, par cette expérience, me préparer à ce qui m'attendrait si, dans l'adversité, je devais un jour me résigner à faire le même métier que mon père. Mais alors vous ne pouviez imaginer que si je n'avais pas déjà passé la nuit dans une cabane de berger où l'on dort d'un sommeil léger, tenaillé par le froid et vigilant au moindre bruit, sans doute ne me serais-je pas réveillé cette nuit-là. Peut-être n'aurais-je pas entendu les voix qui provenaient de la pièce d'en bas. Peut-être n'aurais-je pas vécu cette épreuve bien plus douloureuse que celle par laquelle mon père prétend aujourd'hui faire de moi un homme. Je ne suis plus un enfant.

Je n'entends plus les paroles véhémentes qu'échangent ceux qui prétendent décider de ma vie. Mon devenir ne leur appartient pas. Une chose est certaine : jamais je ne le suivrai dans la montagne. Il peut remballer ses vivres et repartir comme il est venu. Car il n'y a rien à attendre de cet homme ; lui non plus ne cédera rien.

Tant pis si mon ventre me tiraille. Je me débrouillerai seul. Vous m'avez appris à reconnaître et à cueillir les plantes et les baies comestibles que l'on trouve dans la campagne. Je fais bien attention, certaines sont toxiques. J'ai mis en garde les dames que j'ai surprises en train de cueillir des grappes de sureaux. Elles se sont agrippées aux branches de l'arbre pour ne pas tomber de leur échelle, secouées par le fou rire que j'avais déclenché. Elles se sont moquées de moi. Je passais pour un ignorant. Du genre de ceux qui ne sont jamais allés à l'école, car c'est la première chose qu'on y apprend. Le soir, vous me l'avez expliqué : les graines de sureau sont cueillies pour les presser, en tirer leur jus et en faire une encre qui remplace celle qui manque sur les pupitres de la classe en cette période de guerre.

Grâce à vous, je ne resterai pas un ignorant. Vous avez décidé de m'inscrire à l'école pour que j'apprenne à lire et que je m'instruise afin de ne pas devenir comme mon père un berger inculte tout juste bon à conduire son troupeau. Tant pis s'il n'est pas d'accord, s'il pense qu'on ne peut pas se permettre de perdre son temps sur les bancs de l'école alors qu'il faut gagner son pain au quotidien. Ce n'est pas pour rien que la loi qui a décrété l'école obligatoire accorde la liberté aux familles pauvres de ne pas y envoyer les enfants qui les soutiennent par leur travail. Tant pis s'il estime que je serais plus utile à ses côtés pour l'aider à garder ses bêtes. Vous avez le dernier mot.

Je me lève à l'aube pour mener notre chèvre paître dans la campagne à la fraîcheur matinale. Je rentre au village à l'heure où retentit la cloche de l'école. Par-dessus mes guenilles, je revêts une blouse identique à celle que porte le fils de l'épicier qui est assis près de moi. Il me raconte que ses parents ont connu les temps où les élèves devaient apporter une chaise de leur maison pour s'asseoir dans le local improvisé qui leur servait de classe.

Notre maîtresse nous apprend à lire et à écrire dans une langue que ceux de votre âge ne parlent pas grand-mère. Celle que l'on emploie sur le continent de l'autre côté de la mer. Celle d'une patrie qui est comme une terre étrangère.

À l'aide d'un doigt, nous suivons sur notre livre la lecture de la maîtresse. Elle prononce des mots qui racontent une histoire. Des mots que vous ne pourrez jamais déchiffrer. Une histoire que vous ne pourrez jamais comprendre. Que je garderai pour moi.

Je l'écoute attentivement, sans perdre une parole de ce récit qui m'est destiné, j'en suis convaincu, plus qu'à tous les autres élèves.

La classe terminée, je quitte l'école en courant. Je m'éloigne du village par un chemin qui conduit dans la campagne. Je recherche un coin isolé, loin des regards. Un endroit facile à retrouver grâce à des indices du paysage que je grave dans ma mémoire. Avec un morceau de bois, je creuse un trou dans la terre. Lorsqu'il est assez profond, je me redresse et scrute la campagne tout autour de moi pour m'assurer que je suis bien seul, à l'abri des regards. Personne. Je me mets à quatre pattes. J'approche ma bouche du trou et, à voix basse, lui murmure ce que je sais. Je dépose dans la terre ce secret que je n'ai partagé avec personne, comme je l'ai fait de cette boîte en bois que vous m'aviez confiée.

Je recouvre le trou pour dissimuler ce que je viens de déposer et me sens soudain plus léger, soulagé d'un poids. Comme le personnage de cette histoire que nous a lu la maîtresse. Cet esclave qui avait découvert que le roi Midas dissimulait sous son bonnet les oreilles d'âne dont l'avait affublé Apollon. Le roi avait condamné l'esclave à garder le silence sous peine de mort. Mais celui-ci, n'y tenant plus, avait chuchoté son secret au fond d'un trou creusé dans la terre. Plus tard, à cet endroit, des roseaux avaient poussé qui, frémissant dans le vent, soufflèrent les mots dissimulés à leurs pieds. Je suis sans inquiétude, aucun roseau ne poussera sur ce sol aride. Je suis certain que cette terre ne me trahira pas. Elle restera aussi muette que ceux qui la peuplent.

Tout le monde est attentif lorsque notre maîtresse ouvre son livre de mythologie. Dans la classe, on n'entend pas une mouche voler. Les histoires qu'elle lit nous plongent dans un univers fantastique qui capte toute notre attention. Cet univers est peuplé de monstres effrayants, de dieux caractériels qui jouent avec le destin de héros courageux. Une filiation improbable les lie au gré d'accouplements contre-nature, de mariages consanguins, ou d'incestes. On s'y adonne à la sorcellerie, au meurtre par jalousie, convoitise ou orgueil.

Dans nos jeux, après l'école, chacun se prend pour un personnage de la mythologie. Nous nous disputons le rôle d'Ulysse, car il est un simple mortel capable de défier la colère des dieux. Je connais toutes les aventures extraordinaires qui ont jalonné son long périple en Méditerranée. En scrutant la mer au loin, je songe à l'étape qu'il fit sur les côtes sardes. Par la campagne, je tremble à l'idée de croiser le chemin des Lestrygons. Ces géants cannibales qui dévorèrent les compagnons d'Ulysse et détruisirent les bateaux qui l'accompagnaient.

Mais Hercule a ma préférence. Je lui envie sa force et son courage. Je m'identifie au destin qui fut le sien. Si mon père renie sa paternité, c'est que je suis le fils de Zeus transformé en berger pour leurrer ma mère, durant une longue nuit où le soleil ne se leva pas de trois jours par la volonté du dieu Hélios, son complice. Ne suis-je pas né en 1936, l'année où eut lieu une éclipse totale de soleil qui en plein jour plongea la Sardaigne dans l'obscurité ? Hier encore, je n'étais qu'un bâtard, me voilà désormais un demi-dieu pourvu de pouvoirs extraordinaires.

Mon père se trompe. Si l'école ne nourrit pas son homme, elle apporte quelques petits agréments. Car je suis devenu un bon élève. Souvent, je lève la main le premier, avant même que la maîtresse n'ait terminé l'énoncé du problème. Debout, fièrement, je donne à haute voix la solution attendue. Lorsqu'elle tourne le dos, mes voisins de table se contorsionnent pour tenter de lire ce que j'ai écrit sur ma copie. Parfois, je griffonne la réponse sur un morceau de papier et le fait parvenir discrètement jusqu'au pupitre de celui qui a sollicité mon aide. Après la classe, j'aide le fils de l'épicier à faire ses devoirs. Il n'aime pas étudier, mais ne doit pas décevoir des parents fiers de leur situation. Il me remercie avec des châtaignes séchées, du pain, des anchois salés ou des caramels dérobés dans le magasin de son père.

Les provisions de mon camarade me font oublier parfois notre misère. Mais vous me ramenez brusquement à la réalité, grand-mère. Ce n'est pas avec cela que nous allons nous nourrir. Vous ne pouvez refuser l'argent de ce berger qui a besoin de moi pour garder son troupeau. Je vais quitter l'école durant trois mois. Je passerai l'hiver dans la bergerie.

J'enfile le pull de laine que vous m'avez tricoté. Je chausse à nouveau ces souliers que l'on m'avait confectionnés lorsque j'avais 5 ans. Mes pieds ont grandi, mais nous n'avons pas l'argent pour en acheter une nouvelle paire. Je m'en accommode. Mais le soir, lorsque je me couche, je ne les retire plus, l'opération est trop douloureuse.

Une fois par semaine, mon patron revient du village sur le dos de son âne qui crapahute sur un chemin rocailleux. Il porte avec lui mes livres et devoirs scolaires que lui a remis ma maîtresse afin que je ne prenne pas trop de retard sur mes camarades de classe.

Entre les tintements de cloches qu'agitent les agneaux, il me semble parfois percevoir le signal de la rentrée des classes. Là-bas, les élèves prennent place sur les bancs de l'école. Je m'assieds sur une pierre et me mets au travail. La maîtresse m'interroge. J'ouvre mon cahier sur mes genoux et récite à haute voix la leçon du jour.

Mais le profond silence qui m'entoure crie l'absence de mes camarades. Chaque jour, il m'est plus difficile de réciter mes devoirs pour les seules oreilles des bêtes inattentives. Au fil des semaines, j'oublie les repères que me donnait la discipline scolaire. Rien ne vient me distraire de la monotonie de ces journées interminables. La solitude m'accable dans ce paysage désert où seul se fait entendre le bêlement des agneaux.

Ici, je suis à l'école de la nature. J'apprends le métier de pâtre. Nul besoin de livres pour m'inculquer ce qui se transmet oralement de père en fils. Même si vous avez choisi pour moi un autre professeur que celui qui s'est toujours soustrait à mon éducation.

Si je suis destiné à devenir berger à mon tour, à

quoi me servirait d'apprendre à parler italien ? Ici, je ne communique que par onomatopées avec les moutons et le chien de mon patron. Parfois, je parle dans le vide, à des interlocuteurs invisibles, juste pour entendre une voix et m'assurer que je n'ai pas perdu l'usage de la parole. Seul Écho me répond lorsque je hausse la voix en traversant avec mon troupeau un endroit escarpé où je le sais caché.

Le silence est devenu mon élément. Lorsque je m'immobilise durant de longues minutes, que je tends l'oreille et qu'aucun signe de vie ne me parvient, je ressens l'étrange sentiment d'avoir été proscrit de ce monde.

J'accepte mon sort comme une épreuve qui m'est imposée. Cette retraite me confronte au silence pour éprouver ma capacité à garder ce secret que j'ai promis de taire. Une épreuve digne de celles que les dieux infligent aux héros de la mythologie pour s'assurer de leur courage et de leur loyauté. Cette idée m'aide à endurer mon isolement. Je me console et songe avec tendresse à ma maîtresse qui n'a pas oublié de joindre à mes devoirs ce livre où il est dit qu'Hercule, enfant, parce qu'il était mauvais élève, fut contraint pour sa punition d'endurer la solitude du gardien de troupeau.

Mon imagination se nourrit de ce livre. Pour tromper l'ennui, j'invente toutes sortes d'aventures dans ces montagnes peuplées d'êtres fantastiques. Je me suis fait une massue d'une branche d'olivier avec laquelle je tue un serpent qui croise mon chemin. Je fouette l'air dans un combat acharné contre le Lion de Némée. J'ai repoussé toute une horde de centaures lancés contre moi grâce à mes flèches empoisonnées.

Je raconte tous mes exploits à Silvio que je retrouve le soir à la bergerie. Je lui parle d'Hercule dont il n'a jamais entendu parler, de ces êtres mi-hommes, mi-animaux qui le font bien rire, de cet énorme serpent que j'ai écrasé au mépris du danger, même s'il m'assure qu'en Sardaigne il n'y a pas de vipères. Je lui fais alors le récit de ma batail victorieuse avec un centaure qu'il m'affirme maintenant avoir vu rôder à la tombée de la nuit ! Si, si, me soutient-il en souriant. L'autre soir, derrière la bergerie. Il faisait sombre, je ne voyais pas très bien, mais ce que j'ai vu ressemblait bien à ce que tu me décris… Mais peut-être, ajoute-t-il, s'agissait-il de la silhouette d'un berger accouplé à son âne ?

Il se moque de moi. Je n'aime pas ses plaisanteries. Je n'ai même plus envie de manger avec lui. D'ailleurs, je ne veux plus de ces fèves bouillies. J'en ai assez d'avaler tous les jours cette abominable mixture. À son odeur, mon estomac se noue. J'écoute mon ventre et les paroles de Silvio qui partage ma nausée, me dit qu'il en a assez lui aussi d'ingurgiter tous les jours la même chose.

Depuis combien de temps n'as-tu pas mangé de viande ? Te rappelles-tu seulement de son goût, de l'odeur de la viande grillée, de la saveur de cette chair rôtie ? Que dirais-tu d'un repas autour d'un feu de bois ? Cela dépend de toi. Le patron est rentré au village. Nous mangerons à notre faim si tu suis le plan auquel je réfléchis depuis plusieurs jours. Ne t'inquiète pas, il n'y a pas de risque. Prends cette corde. Je resterai ici pour garder ton troupeau pendant que tu te rendras là où j'ai aperçu, l'autre jour, des chevreaux prisonniers d'un enclos laissé sans surveillance. Tu t'y introduiras, te saisiras d'une bête dont tu liras les quatre pattes entre elles avant de la hisser sur ton dos pour la transporter jusqu'ici. Je me chargerai du reste.

Tout s'est passé comme prévu. J'ai suivi les instructions à la lettre. Silvio tranche la gorge de l'animal, le fait se vider de son sang encore chaud avant de le séparer de sa peau. Je m'occupe du feu qui consume les feuilles séchées, puis les branches et les rondins de bois sec que j'ai glanés aux alentours. La viande embrochée sur un long bâton est suspendue au-dessus du tas de braises ardentes. Silvio allume aux tisons rougeoyants une cigarette improvisée taillée dans une tige de clématite. Il inspire par le canal évidé au cœur de cette liane séchée, la fumée du feu qui la consume. Dans le silence et l'obscurité de cette nuit, sous un firmament parsemé d'étoiles, le rougeoiement de la braise scintille dans ses yeux rivés au spectacle d'une chair rôtie qui pivote lentement sur son axe.

Les lueurs du jour révèlent un parterre d'os rongés, répandus autour d'un tas de cendres froides. Je n'ai pas rêvé. Je réalise la gravité de ce que nous avons fait. Silvio a fait de moi un voleur de bétail. Je ne vaux pas mieux que ces misérables qui rôdent autour des troupeaux que nous devons surveiller. Il me fait promettre de ne rien dire à personne. Il n'a pas de soucis à se faire. Je sais garder un secret.

D'ailleurs, à qui pourrais-je le confier ? Je suis seul du matin au soir. Abruti par la lente répétition des jours qui s'écoulent lentement les uns aux autres semblables, je perds la notion du temps. Aussi, je suis surpris lorsque mon patron m'annonce qu'il n'a plus besoin de moi, que je peux rentrer au village et retourner à l'école.

Je retrouve mes camarades de classe, mon pupitre. Ma maîtresse m'encourage pour que je comble le retard pris sur le programme scolaire. Ma motivation fera le reste. Je veux apprendre, pour faire plus tard un autre métier que celui de berger. Je ne veux pas suivre le chemin de mon père. Je veux échapper au sort promis aux enfants de ma condition. Je veux connaître l'au-delà des montagnes qui limitent ici mon horizon. Pour cela, il me faut m'instruire et trouver la force de défier la volonté de mon père.

De toute façon, il n'a plus besoin de moi. Mon jeune frère Vittorio, qu'il a reconnu comme sien et accepté sous son toit, est désormais à ses côtés pour garder ses bêtes. Il n'a pu échapper à son destin. Il n'ira pas perdre son temps à l'école.

Il faut croire qu'il a pris goût à la solitude du berger. Il ne se joint jamais à nous lorsque nous partons en virée jusqu'à la mer. Lorsque nous descendons à toute bille au guidon de nos vélos la route sinueuse qui conduit à la plage. Il est vrai qu'il ne sait pas nager. On ne lui a jamais appris. Il reste à distance de la mer. Il préfère la regarder de loin, la guetter depuis le village haut perché, comme le faisaient ses ancêtres pour prévenir une nouvelle invasion de ceux qui, au fil des siècles, ont colonisé l'île et fait de ses habitants un peuple de bergers retranchés dans ses montagnes. Sans lui, nous nous baignons jusqu'au soir avant de nous sécher autour d'un feu de camp improvisé et de nous endormir à la belle étoile, ensevelis jusqu'au cou dans le sable pour nous protéger des piqûres de moustiques qui transmettent la malaria.

Vittorio ne nous accompagne jamais jusqu'à la grotte d'Ulassai. Ce trou béant dans la falaise dont nous perçons lentement l'obscurité avec nos torches. Nous progressons jusqu'aux limites de notre courage mis à l'épreuve par la description que je fais à mes camarades du Cerbère, ce chien à trois têtes hérissées d'une crinière de serpents, qui garde les enfers.

Il n'est pas non plus des nôtres lorsqu'à l'approche de Pâques, trois jours durant, avec tous les enfants du village, nous nous répandons dans les rues, munis de crécelles, cornes et autres instruments de notre invention, conçus pour produire les bruits les plus épouvantables. Les églises et chapelles ont fait taire leurs cloches, il nous revient d'annoncer l'heure de la messe. En une tonitruante fanfare, une armée d'enfants frappe et souffle dans tous ces instruments pour rappeler dans une épouvantable clameur les habitants du village à leur devoir de ferveur.

Les cloches se font entendre à nouveau et à toute volée ce jour-là, pour accompagner la nouvelle qui depuis la place du village se répand par les rues, d'une fenêtre à l'autre. Comme un vent chaud qui emporte les marques d'affliction de visages où se lit désormais une allégresse générale. La guerre est finie.

***

Recroquevillé, les yeux fermés, l'oreille à l'affût du moindre bruit, je suis pris de tremblements à l'idée d'être surpris. Dans ma cachette, je perds la mesure du temps. Je ne peux plus me retenir. Entre mes jambes, un écoulement chaud imprègne mon pantalon. Enfin, le silence succède au claquement sec d'une porte qui se ferme.

Je reste encore un moment immobile, jusqu'à ce que l'obscurité totale se soit faite dans le local. Le village s'endort dans la profondeur de cette nuit que j'ai choisie sans lune.

Je détends mes jambes engourdies par une si longue immobilité. Prudemment, je me dirige vers la porte, l'entrouvre sans bruit et passe la tête à l'extérieur afin de m'assurer qu'aucun veilleur ne monte la garde autour de la réserve.

Il n'est plus temps de reculer. J'ai bien réfléchi. Je ne vole personne, je ne fais que corriger une injustice. J'ai entendu cette rumeur. Celle du marché noir organisé par des responsables du ravitaillement. Contre l'argent qu'ils possèdent encore, certains se procurent des denrées supplémentaires aux dépens de ceux qui ne disposent que de tickets. Ces quelques tickets de rationnement que les autorités vous ont distribués, grand-mère, comme à toutes les familles du village et que vous échangez contre des portions de farine, de sucre ou de riz entreposées dans ce local où je me suis laissé enfermer. Hier, pendant la distribution, j'ai observé la configuration des lieux, l'emplacement des vivres et le système qui permet l'ouverture des portes depuis l'intérieur. On ne se méfie pas d'un enfant de dix ans.

Je me précipite sur les provisions que mon œil, accoutumé aux nuits passées dans la campagne, parvient à discerner dans l'obscurité. Dans un carton vide, je jette tout ce qui me passe sous la main : des paquets de pâtes, de riz, de châtaignes séchées… Jusqu'à ce qu'il ne soit plus possible de l'alourdir davantage. Je le hisse sur mes épaules, me glisse à l'extérieur et, à pas de loup, le transporte jusqu'à notre maison. Vous dormez. Je mets les provisions à l'abri et reprends le chemin du local en prenant soin de ne pas vous réveiller. À tâtons, je retrouve le sac de farine de maïs aperçu tout à l'heure. Je parviens péniblement à le caler sur mon dos et à l'acheminer, les jambes flageolantes, en lieu sûr. Un dernier voyage me permet d'ajouter un demi-sac de farine de blé à mon butin, sans n'être vu de personne. Je suis épuisé. Je monte sans bruit m'étendre au pied de votre lit en songeant à la surprise que vous aurez à votre réveil.

Votre voix me tire de mes rêves en sursaut. Vous m'appelez depuis la pièce d'en bas. Au pied de l'escalier, je vous trouve debout près des denrées accumulées, le visage grave. Je vous raconte mon escapade nocturne, vous parle de la rumeur, du marché noir, de l'injustice. Mais vous ne voulez rien entendre. Voilà que vous me réprimandez, me menacez des carabiniers. Ne comprenez-vous pas que j'ai fais cela pour vous, que j'ai pris tous ces risques pour nous sauver de la misère ? Vous ne voulez rien entendre, me faites promettre de ne pas recommencer et de ne rien dire à personne. Ne craignez rien, nul ne saura que votre petit-fils est un voleur. Nous voilà liés par un nouveau secret.

Mais doit-on rester les bras ballants lorsque le sort s'acharne, que les éléments s'en mêlent et se déchaînent contre nous ? Après une longue période de sécheresse, des pluies torrentielles s'abattent sur notre village et font s'écrouler le mur de pierre érigé le long de notre potager.

Vous êtes si désespérée devant ce mur écroulé, que je décide de le reconstruire. Voilà l'occasion de me faire pardonner.

Salvatore, fidèle compagnon, qui ne soupçonne pas plus que moi la difficulté de l'entreprise, accepte de m'aider. Nous creusons les fondations du nouveau mur avec des pelles et des pioches qui sont plus grandes que nous. Ensemble nous transportons les lourdes pierres que le déluge a emportées. Nous les agençons les unes aux autres, de plus en plus difficilement à mesure que s'élève notre construction. Enfin, après de longues heures de travail, à bout de forces, nous posons la dernière pierre sur un mur encore inachevé.

Épuisés, nous restons longtemps adossés à un rocher, immobiles et silencieux, en songeant, amers, à la peine que nous a coûtée en vain cette besogne. Que n'ai-je la force d'Hercule ? D'un coup de massue, j'aurais pulvérisé ce rocher en autant de morceaux nécessaires à l'achèvement de ce mur. Mais j'ai une idée, une idée folle, qui naît dans l'esprit d'un garçon inconscient du danger : faire éclater ce rocher à l'aide d'un bâton de dynamite.

Un de ces explosifs dont les détonations retentissent dans toute la vallée lorsque les ouvriers s'emploient à creuser la roche.

La nuit, dans un chantier laissé sans surveillance, nous dérobons sans être vus de la dynamite et une longue mèche. Le plus dur reste à venir. Creuser un trou dans cet énorme rocher. Un trou assez profond pour y introduire la l'explosif. Salvatore, debout sur le caillou, brandit une énorme masse au-dessus de sa tête avant de l'abattre violemment sur le pieu que je tiens dressé à bout de bras. Un pieu qui s'enfonce lentement, imperceptiblement à chaque coup porté. Nous soulevons la masse à tour de rôle, tandis que l'autre, épuisé, maintient difficilement le pieu entre ses mains meurtries. Au terme d'un long effort, lorsque le trou est assez profond, nous jetons au loin, soulagés, les outils de notre torture. Je place l'explosif dans la cavité, y introduis la mèche et la déroule en m'éloignant du rocher au plus loin que le permet sa longueur. Tout est en place. Personne aux alentours. Ma main tremble lorsque je craque l'allumette, mon cœur s'emballe lorsque s'embrase la mèche qui se consume rapidement tandis que nous courons à toutes jambes vers l'ouverture d'une petite grotte repérée non loin de là. Sous cet abri, recroquevillés, les mains sur les oreilles, nous attendons terrorisés la détonation qui va venir, qui tarde à arriver comme pour défier le silence de la campagne environnante, puis soudainement le brise dans une épouvantable déflagration.

Ça a marché. Le rocher a volé en multiples blocs de pierre dispersés dans un large périmètre autour du lieu de l'explosion. Mais nous ne sommes pas au bout de nos peines. Nos mains meurtries endurent la morsure du manche en bois d'outils que nous abattons sur ces blocs pour les ajuster aux pierres déjà en place sur le mur. Cela prend plusieurs jours. Le travail est harassant, mais le mur atteint enfin la hauteur escomptée. La fierté que j'éprouve lorsque je vous montre le résultat de notre travail me fait oublier les douleurs endurées. N'ai-je pas réalisé un exploit digne des travaux d'Hercule ?

Je sursaute. On a frappé à la porte. Je retrouve mon calme lorsque vous laissez entrer ma maîtresse. C'est la première fois qu'elle nous rend visite. Je suis plutôt fier. Mais je n'imaginais pas que sa venue vous causerait du tracas. Elle est là pour vous parler de moi, de l'élève que je suis. Je l'entends vanter mes capacités et la volonté dont j'ai fait preuve durant les cinq années d'instruction élémentaire. Ceci, malgré mon travail de pâtre qui chaque hiver m'éloigne trois mois durant de l'école. Vous l'écoutez, vous êtes fière des louanges que l'on m'adresse, mais vous ne pouvez cacher votre embarras. Il ne vous est pas possible d'assumer les frais que nécessiterait la poursuite de mes études.

Comment pourriez-vous payer le coût du transport scolaire que je devrais emprunter pour me rendre à la grande école de la ville la plus proche ? Vous n'avez même pas les moyens de m'acheter une nouvelle paire de chaussures pour conduire les troupeaux sur les sentiers escarpés.

Alors ma maîtresse s'en va trouver mon père, avec l'espoir de convaincre ce berger ignorant de vous aider à payer les frais de ma scolarité. Elle espère peser sur sa décision grâce à l'autorité morale que lui confère sa profession. Mais je suis sans illusions. J'imagine comment cela va se passer. Elle va l'informer de mes résultats, lui parler des capacités qui sont les miennes, de mon grand intérêt pour les études. Devant sa mine perplexe, elle lui énumérera tout ce que j'ai appris, exposera les perspectives qui s'offrent à moi si je persévère dans cette voie. Mais rien n'y fera. Ses arguments se heurteront au raisonnement du berger, à ces paroles résignées et fatalistes qu'échangent entre eux, assis sur les bancs publics, les anciens du village. Il n'en démordra pas ; à quoi bon perdre son temps à l'école quand il faut tant travailler pour gagner son pain ? Son fils serait mieux utile à ses côtés pour le seconder auprès de son troupeau. Lui qui n'a que deux garçons ne peut pas compter sur l'aîné que sa grand-mère protège. Pour faire le métier de berger, le seul qu'il n'ait jamais su faire, nul besoin de livres et d'instruction. Ici, le savoir se transmet de père en fils. Et si, de mémoire de Sarde, le lait de brebis a toujours été la principale ressource des gens de la montagne, il n'y a pas de raison qu'il en aille désormais autrement.

C'est le dernier jour de la classe. La maîtresse nous libère. Je ne retournerai jamais plus à l'école. J'avais pourtant travaillé dur dans l'attente de ce moment où je vous rejoindrai pour vous apprendre mes résultats de l'année. Vous serez fière de moi, heureuse d'avoir permis à un fils de berger d'étudier alors que la plupart des garçons de ma condition travaillent déjà pour aider leur famille.

Je me faufile entre les élèves et les quelques parents qui sont venus attendre leurs enfants et les résultats de fin d'année. Celui-là baisse la tête. Il se fait réprimander devant ses camarades. Après tous les sacrifices que l'on a faits pour toi ! Tu devrais avoir honte, toi qui ne manques de rien, d'avoir de plus mauvais résultats que le fils d'« *Arrabiau* ». « Bravo mon garçon », me lance sa mère, qui croit me faire plaisir alors que je rougis de honte.

Moi qui étais l'un des meilleurs élèves de la classe, sans mon tablier d'écolier, je redeviens le fils de ce berger que tout le monde ici appelle : « *Arrabiau* », « le coléreux ». Comme les autres garçons du village, j'ai hérité du surnom de mon père. Ainsi le veut la coutume. Tout le monde s'interpelle ici par le surnom de son père, que lui-même tient parfois de son propre père.

Voilà bien la seule chose que j'ai reçue du mien, la seule preuve de sa paternité. Je ne peux l'effacer. Elle est comme une marque inscrite sur ma peau, une disgrâce physique que je dois porter toute ma vie. Car j'en ai compris la signification. Elle me rappelle à ma monstrueuse filiation. Je suis le fils d'un monstre éborgné aux colères légendaires, ce cyclope que doit affronter Ulysse dans l'histoire que nous a racontée ma maîtresse.

Mais j'ai appris à me défendre contre ceux qui se moquent de moi. J'ai cloué le bec à *Isconca santos* en lui rappelant l'histoire du surnom dont il a hérité de son père. Cet homme irascible auquel on a joué un bien mauvais tour. À plusieurs reprises, il s'en était pris violemment aux intrus qu'il avait surpris sur sa vigne et qu'il accusait de vouloir lui voler son raisin. Alors, une nuit, par représailles, des hommes du village s'introduisent dans une chapelle et dérobent la statue en pied d'un saint. Ils la transportent jusqu'à la vigne où ils la dressent sur son socle entre deux ceps. À l'aube, lorsque le propriétaire des lieux se rend sur place pour travailler à la fraîcheur matinale, il aperçoit la silhouette qui se découpe dans la pénombre. De rage, il saisit une hache, bondit vers l'intrus pris sur le fait et, d'un coup bien placé, sépare la tête en plâtre de son buste. Depuis, pour tout le monde, il est *Isconca santos* (Celui qui décapite les saints). Le fils de *Peddi de porcu* ne connaissait pas l'histoire des compagnons d'Ulysse que Circée a transformés en porcelet. C'est bien à cela que ressemble son père lorsqu'il porte sur son dos, les jours de pluie, un manteau dont il vante l'imperméabilité de la peau de cochon avec laquelle il l'a confectionné. Il serait facile de rire de *Conca de piqqu,* tant il ressemble à son père dont la figure allongée et en pointe lui a valu ce surnom de « tête de pioche». Moi, au moins, je ne ressemble pas à mon père. C'est lui qui le répète à qui veut l'entendre. Mais je pourrais bien justifier ce surnom de « coléreux » si quelqu'un s'avise de me comparer à lui.

Je ne retournerai plus à l'école. Le Cyclope tient sa revanche. Il veut m'empêcher de partir d'ici. Il veut m'aliéner à ce pays, à ces montagnes. Mais je ne le suivrai pas. Si je dois reprendre le chemin de la bergerie, je retournerai auprès du troupeau de mon patron. Je le ferai pour vous, grand-mère, car vous ne pouvez vous passer du maigre revenu de mon travail de pâtre. Même si cela est de plus en plus dur, même si désormais je dois travailler toute l'année, l'hiver dans la plaine, l'été dans la montagne, et s'il me répugne au plus haut point désormais, en endossant le costume de berger, de mettre ainsi mes pas dans ceux de mon père.

Troisième partie

Mon père

Tu te moquerais de moi si tu me voyais ainsi affublé d'un bâton et d'un chien pour conduire mon troupeau. Le bon élève, tout juste bon à user ses culottes sur les bancs de l'école, a retrouvé le droit chemin, penserais-tu.

Ce chemin-là est abrupt et sinueux, tu le sais mieux que moi. C'est un sentier de rocaille qui s'élève toujours davantage, devient plus étroit et accidenté à l'approche des hauteurs. Mes souliers meurtrissent mes pieds. Mon pull et mon pantalon de laine m'irritent la peau jusqu'au sang. Je marche au pas d'un troupeau qui s'étire et se contracte au gré des écarts que font les montons pour brouter l'herbes trouvées en chemin et des chasses que leur donne, vigilant, le chien du berger.

Les bêtes arrivent au pied d'une imposante muraille rocheuse. Elle se déploie telle une fortification naturelle qui barre l'accès au plateau montagneux qui surplombe la vallée. Là-haut, les bêtes trouveront des pâturages préservés durant l'été de l'aridité qui, plus bas, brûle la végétation.

Le troupeau gravit la montagne par un étroit et tortueux passage ouvert dans la falaise, fendue sur plusieurs dizaines de mètres de hauteur. Le curé nous a raconté une histoire qui attribue ce prodigieux phénomène géologique à la foi toute puissante de l'évêque San Giorgio. Alors qu'il parcourait à pied son diocèse dans le cadre de son ministère pastoral, il trouva sur son chemin cette abrupte montagne qui l'obligeait à un long détour dont il n'avait plus la force. Il lui commanda alors de se fendre en deux. La montagne s'ouvrit, libérant le passage, et laissant jaillir une miraculeuse source qui depuis apporte son eau à notre village.

Je préfère croire que ce lieu abrite un de ces monstres terrifiants dont ma maîtresse nous a lu les aventures. Dans un moment de colère, il aura brisé la montagne en deux.

Je m'engouffre avec crainte dans cette brèche ouverte dans la roche qui menace de s'écrouler sur moi à tout moment. Je hèle les bêtes qui rechignent à me suivre dans cet étroit passage. La voix d'Écho reprend mes cris et les emporte au loin. L'endroit est peuplé de monstres mystérieux qui m'observent sans être vus tandis que je pénètre sur leur terre.

Je débouche enfin au sommet de la montagne, sur ce plateau qui s'étend immense sous mes yeux. Je suis saisi par le silence. C'est comme si une porte s'était refermée derrière moi. La nature est plongée dans une douce léthargie. Pas le moindre souffle de vent. Pas même le bourdonnement d'un insecte. Aucun bruit. Ici, la vie semble s'être figée dans la crainte de l'apparition imminente des êtres terrifiants qui rodent sur cette terre.

Je m'accoutume à ce silence sur ces pâturages où je mène mon troupeau à la fraîcheur de la nuit, depuis le coucher du soleil jusqu'à l'aube. L'après-midi, lorsque le soleil monte haut dans le ciel, je dois mettre mes bêtes à l'abri de la chaleur. J'emprunte un sentier qui me conduit, au terme d'une lente ascension, à l'extrémité du plateau montagneux où se trouve un Nuraghe. Une de ces tours de pierre en forme de cône qui se dressent depuis l'âge de bronze sur les hauteurs de l'île. Mon patron m'a indiqué le chemin. Sous ce *Nuraghe*, se trouve une grotte. À la fraîcheur de cette cavité, je pourrai rassembler mes bêtes.

Je m'en approche avec prudence. J'ai le sentiment de m'introduire dans un endroit défendu. L'endroit ressemble à ce que j'ai imaginé du repère décrit dans les aventures d'Ulysse. Je suis à l'affût du moindre bruit qui pourrait trahir une présence. Le cyclope y est peut-être retranché avec ses moutons. Je tremble à l'idée de voir surgir devant moi ce visage effrayant avec son œil aveugle et le regard sévère de celui qui lui reste.

Je prends mon courage à deux mains. Je m'approche de l'entrée. Je tends l'oreille : aucun bruit n'en provient. Peut-être s'est-il absenté. L'occasion est trop belle. Si cette grotte est son repère, il y entrepose probablement le fromage qu'il confectionne avec le lait de ses brebis. J'imagine des tranches de pain grandes comme un matelas, des parts de fromages plus hautes qu'un homme. Des victuailles à la dimension de l'appétit de ce géant. Je me glisse à l'intérieur avec précaution. Je m'accoutume à l'obscurité et devine sur la paroi les prénoms gravés par les pâtres qui se sont réfugiés ici avant moi. Voilà la liste d'appel des absents de l'école, de ceux qui doivent travailler pour aider leur famille, qui ne seront jamais écrire autre chose que leur nom et qui ignorent tout de l'histoire de l'édifice qui se dresse au-dessus de cette cavité. Ce *nuraghe*, cette tour de pierre érigée il y a plus de 3000 ans, qui a abrité de père en fils des générations et des générations de bergers.

Je rassemble mon troupeau dans la grotte. Les bêtes se blottissent les unes contre les autres. Je grimpe sur un rocher plat où je m'allonge à la recherche de la position la moins inconfortable. Je ferme les yeux et m'assoupis, d'un sommeil léger, l'oreille aux aguets, attentif au moindre bruit qui viendrait rompre ce profond silence d'une après-midi d'été. Je ne dois pas m'endormir. L'abri n'est pas sûr, il est connu des voleurs de bestiaux. Mais la fraîcheur, l'obscurité et le silence de ce lieu m'apaisent. Sans le repère du soleil dans le ciel, je ne mesure plus l'écoulement du temps. J'aimerais demeurer éternellement ainsi, caché, oublié, protégé dans le ventre de la terre.

Je frissonne, me recroqueville puis me retourne. À tâtons, je recherche les jambes contre lesquelles je m'étais blotti, la chaleur de ma grand-mère. Je suis seul dans ce lit. Mes yeux s'entrouvrent sur l'obscurité. Je ne distingue rien, mais perçois bientôt une voix, puis deux, qui chuchotent depuis la pièce d'en bas… Je sursaute. Je m'étais endormi. Je me redresse, scrute la pénombre à la recherche d'un intrus. Personne. Je me rallonge, mais garde un œil ouvert. J'ai réussi à me faire peur avec mes histoires de monstres. Je m'attends à tout moment à voir surgir le cyclope. Il va s'emparer de moi, fils indigne, et m'enfermer dans cette grotte dont il bouchera la sortie avec une lourde pierre. Il va me garder à son service, pour m'empêcher de quitter cette île, de partir sur un bateau vers des terres inconnues. Ce monstre est l'instrument des Dieux qui l'ont enfanté et qui se sont ligués pour m'empêcher d'accomplir mon destin. Ce destin promis à la plupart des jeunes hommes nés sur cette île misérable : prendre la mer ; non pas comme Ulysse pour regagner sa patrie après un long exil, mais pour la fuir à tout jamais.

Je suis soudain pris de panique. J'éprouve le besoin irrésistible de sortir de cette grotte, du ventre de cette terre qui m'a enfanté. Je veux échapper à son emprise. Je dois fuir ce pays qui peut dévorer ses enfants et les engloutir dans ses entrailles avec la cruauté implacable du cyclope.

Je m'engouffre dans la tour du *nuraghe*. Je gravis les marches de l'escalier en pierre qui se faufile à l'intérieur de la paroi jusqu'au sommet de cette tour de guet. Je scrute les alentours comme le faisaient mes lointains ancêtres pour prévenir l'arrivée des assaillants venus de la mer. Aucun homme à l'horizon. Pas une âme qui vive. Mais, là-bas, au loin, il me semble distinguer une masse mouvante. Une armée qui s'approche, irrésistible, jusqu'au pied des remparts de la ville fortifiée. Je saisis mon épée et livre un combat héroïque contre un ennemi imaginaire qui m'assaille. Je triomphe. J'ai repoussé toute une armée, plus facilement que ce cauchemar qui revient chaque nuit. Qu'il vienne à moi ce monstre borgne et je lui crèverai l'œil qui lui reste.

Depuis ce promontoire, je domine un vaste territoire. Je devine la mer au loin et de l'autre côté le mont *Gennargentu*, le plus haut sommet de l'île. J'ignore ce qu'il y a derrière cette montagne, et je ne peux qu'imaginer ce qu'on trouve au-delà de cette mer.

Mon univers se réduit aux rues du village, à la campagne qui l'entoure et confine aux pâturages vers lesquels je conduis mon troupeau. Dans ce coin retiré, hors des routes qui relient entre elles les villes plus importantes, personne ne vient.

Aussi, lorsque la voix nasillarde d'un haut-parleur tonitruant sort les habitants de leur somnolence, c'est un évènement dans tout le village. Les enfants accourent, se joignent aux adultes rassemblés autour de la carriole du vendeur ambulant. L'homme déballe sous leurs yeux vêtements et ustensiles. Tous les accessoires de la représentation qu'il va donner sur la place du village. C'est un artiste, un homme de spectacle qui sait captiver son public. Il raconte des histoires tout en louant sa marchandise. Il narre les évènements qui se sont produits dans les villages parcourus au cours de son périple. Il est l'attraction de la semaine, le seul divertissement des vieux assis sur leur banc.

Pour moi, c'est un héros d'aventure, un voyageur sans attaches qui navigue au gré des vents. Je l'imagine parcourant des chemins jalonnés de péripéties, de rencontres et d'évènements extraordinaires. Mais l'horloge de l'église sonne les douze coups de midi et me tire de mes rêveries. Le spectacle est terminé. L'homme replie sa marchandise. Chacun rentre chez soi, la place retrouve sa tranquillité. Assis sur un muret, je suis du regard la carriole qui s'éloigne lentement, au loin, sur la route sinueuse pour disparaître bientôt au détour d'un virage.

Vous m'apprenez qu'au village un commerçant ambulant recherche un assistant pour l'accompagner dans sa tournée. Vous semblez si certaine de ma réponse, grand-mère, que j'ai l'impression que vous lisez dans mes pensées. Je comprends que je devrai partir plusieurs jours sur les routes et vous laisser seule ici. Mais j'ai hâte de prendre place à l'arrière de cette fourgonnette remplie de tissus et de vêtements. Cette carriole montée sur deux roues et fixée à une *Vespa*, n'est pas bien grande, mais elle fait sensation lorsqu'elle traverse le village. Inutile de klaxonner, tout le monde se retourne sur nous tant le ronflement du moteur de *l'Ape* ressemble au bourdonnement d'une guêpe. Longtemps après que nous ayons quitté le village, dans toute la vallée résonne encore le vrombissement du scooter-fourgonnette qui gravit péniblement les côtes à pleine charge.

Sous mes yeux défilent des paysages inattendus. Je franchis une vallée aride bordée de falaises abruptes. Je traverse une forêt qui m'offre le spectacle étrange d'une multitude de troncs écorchés, nus et rouges, comme autant de corps suppliciés à un rite mystérieux. Je parcours des campagnes dépeuplées le long de routes sinueuses et interminables reliant entre elles des communes qui surgissent soudain au détour d'un virage.

J'aide le commerçant à déballer sa marchandise sur la place où se dresse l'église. Les curieux se rassemblent autour de l'échoppe improvisée. Les dames tâtent les tissus entre leurs doigts et dissertent de leur qualité dans un dialecte dont je ne saisis aucun mot. Loin de chez moi, il diffère de celui que nous parlons dans mon village.

Lorsque chacun est rentré chez soi, mon patron compte ses bénéfices. Je remballe les invendus, saute à l'arrière de la fourgonnette qui reprend sa route, cahin-caha, jusqu'au prochain village. La route est longue, le ronflement du moteur assourdissant. Nous arrivons à destination à la tombée de la nuit. Épuisé, je m'allonge sur un matelas de vêtements amoncelés à l'arrière du véhicule. Je dois me reposer car la journée suivante débute à l'aube. Elle ressemble aux précédentes, se déroule de la même façon, selon le même rituel. Les villages se confondent dans mon souvenir, les places sont toutes identiques. Cette routine me lasse. Je ne prête plus attention aux paysages et je m'ennuie de mes camarades. J'ai hâte qu'arrive la fin de la semaine pour rentrer chez moi. Cette fois, c'est décidé. Je ne reprendrai pas la route. Et puis nous approchons de la Saint-Jean.

Pour rien au monde, je ne veux manquer cette fête. Mes compagnons m'attendent assis à l'écart de la foule qui se presse au passage de la procession. Un interminable cortège accompagne la statue de Saint-Jean. Il progresse sur un tapis de fougères répandues le long du parcours qui conduit à l'église.

Dès que celle-ci a englouti ses ouailles, nous nous précipitons pour ramasser et emporter les feuillages. Nous les exposons plusieurs jours au soleil, dans l'attente d'une nuit de pleine lune.

À la lueur de l'astre, nous amoncelons les fougères desséchées sur la place du village avant qu'une allumette ne les embrase. Les flammes hypnotisent nos yeux troublés par le vin et éclairent nos visages d'une lueur rougeoyante. Les plus courageux, grisés par l'alcool, s'élancent les premiers en des sauts endiablés à travers le feu. Puis, chacun, à tour de rôle, relève le défi de ce rite démoniaque où se consument les restes de la cérémonie chrétienne.

Le feu s'est éteint. La place retrouve le calme et la douceur d'une nuit printanière. Sous un ciel étoilé, nous nous rassemblons autour des braises. Cette veillée se prête à l'accomplissement d'un rituel dont nous avons appris les gestes en observant nos aînés par le passé. Ce soir vient notre tour. Je me lève et me dresse face à Salvatore sous le regard des autres garçons assis en rond autour de nous. Solennellement, nous croisons nos bras pour nous saisir les mains dans une franche empoignade. Alors, les yeux dans les yeux, nous prononçons ensemble les paroles rituelles d'un serment d'amitié et de loyauté éternelle. Nous jurons de rester fidèle toute notre vie au lien sacré qui maintenant nous uni. Désormais, nous nous témoignerons estime et dévouement par un vouvoiement respectueux.

Tu n'as pas idée de la force du serment qui nous lie, toi le berger qui n'a d'affection que pour tes bêtes. Aucun de nous deux n'envisagerait de le trahir. Rien ne peut le rompre. Aucune épreuve ne saurait le mettre en péril. J'éprouve un sens de l'honneur et du devoir comme tu ne m'en as jamais inspiré par tes actes et ton comportement de père. Salvatore et moi sommes habités d'un sentiment de fraternité bien plus solide que les liens du sang.

Ces serments soudent notre groupe. Nous restons unis en toutes circonstances. Nous faisons bloc face à cette bande rivale qui nous cherche querelle. Leur chef se vante de défaire l'un après l'autre les garçons de mon clan. À mon tour, il me lance un défi. Je ne réponds pas. J'ignore ses bravades. J'ai appris à éviter les situations de conflit qui se règlent à coups de poing. Je ne me suis encore jamais battu de mes mains. J'esquive les occasions qui pourraient nous mettre face à face. Je fais la sourde oreille aux invectives qu'il me lance par l'intermédiaire de ses sbires.

Mais jusque dans mon camp, on en vient à douter de mon courage. Je ne bronche pas lorsque mon adversaire, las de mes esquives, justifie mes craintes par le sang qui coule dans mes veines. *Arrabiau* ne vaut pas mieux que son père, répète-t-il à qui veut l'entendre. Et il raconte des histoires sur toi qu'il aurait entendues de la bouche de son propre père. Il dit que tu as pris la mauvaise habitude de conduire ton troupeau sur des parcelles de terrain sans l'autorisation de leurs propriétaires. Que plusieurs fois, ceux-ci ont pu constater les dégâts causés par tes bêtes sur des zones cultivées. Et que cela t'a valu de sévères bastonnades, car tu prétends que tu n'as pas le sou et refuses toujours de les indemniser.

Si je ne veux pas me battre, c'est que je ne vaux pas mieux que toi, répète-t-il autour de lui. Et que je redoute probablement de me voir refaire le portrait d'un coup de poing qui, en me fermant un œil, me donnerait un air de famille. Ses mots font leur effet, on rit de moi. Je ne peux pas me soustraire plus longtemps. Je dois réagir devant cette nouvelle provocation.

Au rendez-vous convenu entre les lieutenants de chaque camp, tous les garçons des deux bandes rivales sont présents. Ils forment un large cercle autour de moi et de mon adversaire qui me fait face et se met en garde. Tous les regards se posent sur nous. Je ne peux plus reculer. Mais je suis déconcerté par cette situation nouvelle. Les encouragements et les cris qui fusent des deux côtés troublent mon entendement. Une sensation de vertige brouille ma perception d'un instant où soudain, au signal du combat, un autre que moi, habité d'une force et d'une agilité que je ne soupçonnais pas, adresse un magistral coup de poing à mon adversaire.

Les cris de victoire de mes camarades me tirent de ma torpeur. Je retrouve mes esprits, interloqué. Je découvre mon rival affalé à mes pieds, immobile, sans connaissance. Le champion, sonné, se relève avec l'aide des siens et se retire penaud, sous leur escorte, tandis que mon camp exulte.

Un seul coup-de-poing a suffi pour me faire une redoutable réputation. Personne ne me cherche plus querelle. Je n'ai peur de rien. On me consulte avant de préparer un mauvais coup. Je dirige et répartis les rôles lorsqu'il s'agit de chaparder des fruits ou de graisser les rails du train pour l'empêcher d'avancer. Parfois, je tempère l'ardeur des plus jeunes qui s'embarquent dans des plans trop risqués. Comme ces trois apprentis bandits qui viennent me trouver. Ils sont déterminés à voler un agneau, par défi, pour prouver aux autres qu'ils en sont capables et parce que la nuit, lorsque leur estomac se rappelle à eux, ils rêvent d'en faire le met d'un festin inoubliable.

Mais c'est trop dangereux. Croyez-moi, je sais d'expérience combien les bergers sont vigilants auprès de leur troupeau. Certains sont armés de longs couteaux ou de fusils pour faire fuir les voleurs qui rôdent dans la campagne. Je ne veux pas prendre ce risque. Vous savez bien que les carabiniers ne badinent pas avec ceux qui dérobent le bien des autres. N'insistez pas.

Mais je connais les lascars. Tous les autres sauront que j'ai refusé de les suivre. On doutera de mon courage et de ma loyauté. Je perdrai l'ascendant qui est le mien depuis mon combat victorieux. Je n'ai pas d'autre choix. J'accepte d'être des leurs. Mais je mets mes conditions : c'est moi qui décide du lieu et de la date. Je serai le chef de l'expédition, à prendre ou à laisser. Il faut me suivre sans rechigner, car ce soir nous nous attaquerons au troupeau de mon père. J'ai prononcé ces mots sans réfléchir, par bravade, afin de leur montrer que je n'ai peur de rien.

Ma détermination à affronter tout à la fois le danger et l'autorité paternelle fait son effet. Je me garde de leur dire qu'ici le vol d'un fils sur le bien de son père n'est pas sanctionné par la loi. Et qu'au demeurant, je ne crains pas davantage ton autorité, *Arrabiau*, que le fusil que tu gardes près de toi. Je te sais bien incapable de mettre en joue qui que ce soit avec l'unique œil qu'il te reste.

Cette nuit, je te sais retenu ailleurs. Je donne les consignes. Mes complices montent la garde. Je m'introduis dans l'enclos, m'empare d'un agneau, le ficelle et l'emporte sur mon dos vers l'autel de son sacrifice, en un endroit retiré où personne ne saura nous débusquer.

J'ai fait le plus dur. À vous de jouer maintenant. Voici mon couteau. Qui veut le tuer ? Qui a assez de cran pour lui trancher la gorge ? Qui en a le courage ? Personne ? C'est bien pour cela que vous aviez besoin de moi. Parce que je suis le seul à savoir y faire. J'ai vu Silvio à l'œuvre lorsque je travaillais à la bergerie.

Je crâne pour masquer ma fébrilité car c'est la première fois pour moi aussi. Je ne laisse rien paraître lorsque j'accomplis les mêmes gestes que lui. Mais cette fois, ma besogne accomplie, je n'éprouve aucune culpabilité à me repaître de cette viande dont j'avais oublié jusqu'à la saveur.

Ce sont des garçons du village qui ont volé l'agneau *d'Arrabiau*. La rumeur se répand. Ces imbéciles n'ont pas pu tenir leur langue. Je pouvais m'y attendre. Ils se sont vantés de leur forfait. Ils ont même donné des détails pour prouver qu'ils ont accompli avec l'audace des brigands légendaires ce rite d'initiation qui fait d'eux des hommes désormais.

On me prévient que tu es rentré au village. Ta colère se mue en rage lorsque tu apprends que je fais partie des vauriens qui t'ont volé une bête. Tu me cherches et me trouves. Du haut de mes quinze ans, je te fais face. Je ne nie rien et encaisse sans broncher ta colère et tes injures. Tu exiges que je paie, que je trouve l'argent d'une manière ou d'une autre pour te dédommager de la perte de ton agneau, sans quoi tu iras me dénoncer aux carabiniers. Je ne cède pas. Je suis bien incapable de rassembler cette somme avant le jour de ma convocation. Ce n'est qu'un mauvais moment à passer après tout. Ne pas flancher face aux hommes en uniforme. Endurer leurs sermons qui me confrontent à la gravité de mon acte et aux conséquences que je subirai si je m'avise de recommencer. Mais je repars comme j'étais venu, à ton grand dépit. Cette fois, il ne m'arrivera rien, ces affaires sont de celles qui se règlent en famille.

Tu peux toujours me menacer. Je ne te crains plus. Personne d'ailleurs n'a peur de toi, pas même les plus jeunes enfants qui rient et plaisantent sur ton passage lorsque tu rentres au village.

Tu n'as plus rien de commun avec l'homme de ce portrait qui trône dans la maison de ma mère. Ce cliché pris sans doute le jour de ton mariage. À cette époque, il fallait bien un tel événement pour que tu te prêtes à l'objectif d'un appareil photo, rasé de près et vêtu d'un costume cravate grossièrement retouché à la peinture.

Le photographe a employé sa dextérité de peintre jusqu'à corriger le regard de son modèle et ainsi donner habilement une expression de vie à cet œil gauche que tu as perdu enfant des suites d'une infection. Le front haut, tu portes ton attention au loin comme occupé d'une profonde pensée. Ainsi représenté, on t'accorderait une certaine prestance si dans la réalité le handicap de cet œil ne contribuait pas à te déprécier davantage encore dans l'esprit de ceux qui ricanent ouvertement de ton accoutrement lorsque tu traverses la place du village.

Tu es toujours affublé de défroques récupérées ici ou là, de vêtements usés et troués, grossièrement rapiécés, que tu revêts selon un hasardeux assortiment. Peu t'importes que se soient des habits que leurs propriétaires ne jugent plus dignes d'êtres portés ou qu'ils aient appartenu à un mort, ils feront ton affaire et t'éviteront des frais inutiles. Jamais tu n'as fait l'achat d'une paire de chaussures. Celles que tu portes aux pieds ont été trouvées parmi les immondices et il n'est pas rare que tu te promènes avec deux souliers de couleurs différentes. Sur ton passage, dans les rues du village, il suffit que l'on t'interpelle par ton surnom : « Le coléreux » pour que le ridicule soit à son comble et l'hilarité générale.

Mais tu n'as que faire des quolibets qu'osent sur ton passage les enfants qui s'autorisent des ricanements de leurs parents. Tu es indifférent à ces moqueries qui ne te préoccupent pas davantage que l'inélégance de ta tenue. Les autres t'importent peu. Tu n'as d'affection que pour tes brebis et te soucies seulement de les conduire là où elles pourront paître et donner ce lait avec lequel tu confectionnes tes fromages.

Tu vis continuellement en leur compagnie. L'odeur des bêtes t'accompagne lorsque, pour te protéger du froid, tu revêts un manteau fait d'une peau de mouton. Tu ressembles alors à un de ses monstres du livre de mythologie, fruit de l'accouplement improbable entre un homme et un animal. Sur ton passage, les vieux assis sur leur banc plaisantent alors de l'intimité coupable qui, dit-on, lie les bergers à leurs brebis, durant les longs mois où ils vivent éloignés de leur femme. Et si tu traverses la place du village chargé d'une besace plus lourde qu'à l'accoutumée, c'est que tu te seras lassé de ce coupable commerce et que tu espères, au terme d'une tractation contre la nourriture que tu rapportes, te rendre ton épouse conciliante.

Je ne veux pas devenir berger. Si on me condamne à la compagnie des bêtes, je deviendrai un animal à mon tour. On me tondra comme un mouton pour me préserver des poux. On me dépouillera de cette épaisse tignasse, noire comme les ailes du corbeau, qui me distingue de ce berger dont se moquent mes camarades. Tu portais déjà les cheveux ras sur cette vieille photo. J'ai bien observé ce portrait. Ton front est large, tes oreilles saillantes se dégagent autour d'un crâne dégarni. Ton nez et ta mâchoire sont évasés et tes lèvres épaisses. Voilà bien le seul trait que nous avons en commun.

Je revois l'air amusé de cet œil unique qui n'a pas la même couleur que les miens lorsque, enfant, je lève la tête vers toi qui m'interpelle et me montre du doigt, au loin, un homme du village. Cet air avec lequel tu m'as bien souvent répété que je ne te ressemble pas, et que je ne peux donc pas être ton fils. Je ne comprends pas alors pourquoi tu t'obstines à nier ta paternité et m'invites ce jour-là, en me désignant cet homme là-bas, à aller rejoindre mon père.

Au printemps, à califourchon sur le dos de notre âne chargé de paniers de cerises, je vous ai accompagné, grand-mère, jusqu'à la boutique de cet homme. Avec cette cueillette, vous remboursez les dettes contractées dans sa boucherie pour l'achat d'une tête de brebis ou de chèvre. La pièce bouillie donnera un peu de viande et le bouillon servira pour la cuisson du minestrone. Durant cette transaction, depuis la hauteur de notre âne, je me suis surpris à scruter son visage.

Une autre fois, j'ai reconnu cet homme qui arpentant sur son cheval le champ sur lequel je me penchais. J'aidais ma mère qu'il emploie sur ses terres comme de nombreux autres journaliers.

Un jour, Salvatore et moi tombons nez à nez avec lui au détour d'un chemin qui nous ramène au village. Nos besaces sont remplies de merles et de grives. Nous les avons ramassés au gré des collets posés le matin au pied des *corbezzolo* chargés de leurs baies rouges qui attirent les oiseaux. Lui s'en retourne de la chasse, sa sacoche vide, bredouille comme chaque fois, résigné à affronter les ricanements de ceux qui, sur leur banc, se moquent volontiers de la maladresse de l'homme le plus riche du village.

Mais ce jour-là, son sens du commerce lui a permis de sauver la mise. La nuit venue, à la lueur des braises, tandis que rôtissait la chair tendre et délectable des grives au bout d'un bâton appointé, c'est nous qui avons bien ri en imaginant l'homme traversant la place du village en arborant fièrement à sa ceinture les prises que nous lui avions troquées contre un coup de feu tiré avec son fusil.

Maintenant, nous revendons nos prises au bar du village. Bouillies, plumées, puis recouvertes de feuilles de myrte, les grives révèlent une saveur sans égale que les clients apprécient. Nous mettons ainsi quelques économies de côté. Salvatore et moi avons le projet de quitter cette île pour trouver fortune ailleurs. Mais il faut de l'argent pour payer le prix de la traversée en bateau. Notre braconnage ne suffira pas à rassembler l'argent nécessaire. Je ne veux plus jamais retourner travailler à la bergerie. Quel patron me ferait confiance après l'affaire de l'agneau volé ?

Les solutions lucratives comportent des risques. Les carabiniers m'ont à l'œil. Je dois redoubler de vigilance lorsque je me rends à l'endroit où nous avons caché notre matériel. Ils ne me feraient aucun cadeau. Tous nos efforts seraient réduits à néant si on venait à découvrir l'atelier clandestin où Salvatore et moi fabriquons notre eau-de-vie.

Notre petit trafic nous a donnés beaucoup de mal. À la tombée du jour, seuls les oiseaux de nuit ont pu observer l'étrange spectacle d'un âne dandinant sa frêle carcasse chargé d'un serpentin et d'une cucurbite de deux cent litres sur le sentier escarpé qui mène à la grotte.

Notre alambic est dissimulé dans une cavité dénichée en contrebas du village. L'endroit est discret et difficile d'accès, mais à distance du premier point d'eau. Les tiges de bambou que l'on trouve sur les rives du *rio Pardù* nous ont offert une solution. Nous les avons fendues en deux dans leur longueur, liées bout à bout et suspendues aux arbustes suivant une légère et régulière inclinaison pour permettre à l'eau d'une source repérée plus haut de venir jusqu'à nous. Le projet était ingénieux, la tâche ardue, son aboutissement incertain. Mais au terme d'un travail laborieux, notre joie fut à la mesure de l'effort accompli lorsqu'enfin est apparu un mince filet d'eau à l'extrémité de cette longue canalisation improvisée.

Notre entreprise est parfaitement rodée. Je retire l'épais feuillage qui dissimule notre matériel. Salvatore installe l'alambic tandis que je me charge de rassembler du bois pour le feu. Pendant que je monte la garde, il retourne au village pour charger les paniers de notre âne de plusieurs kilos de marc de raisin avec lequel nous allons produire notre eau-de-vie.

De longues heures durant, nous veillons sur le feu, l'attisons continuellement afin que le récipient contenant le marc soit maintenu à la température adéquate. De nos échecs nous ont appris qu'une cuisson trop faible interrompt le processus de distillation et qu'un feu trop soutenu donne une eau de vie impropre à la consommation. Il faut constamment faire provision de bois, ne jamais relâcher son attention.

Seul auprès du feu, lorsque Salvatore s'en retourne au village pour faire provision de marc, je redouble de vigilance pour ne pas succomber au sommeil et gâcher la production d'un travail exténuant. Les yeux rougis, je guette la danse des flammes et l'imperceptible phénomène de condensation de la vapeur d'alcool qui s'écoule goutte à goutte en une précieuse liqueur.

Même si ce travail est harassant et dangereux, je préfère gagner un peu d'argent en revendant notre eau de vie plutôt que de retourner dans la montagne garder les moutons.

Mais ce petit trafic ne dure qu'un temps. La saison des vendanges terminée, il nous faut trouver une autre source de revenus.

Me revient le souviens de mon escapade à travers la Sardaigne à l'arrière de la carriole du vendeur ambulant. Je revois ces forêts d'arbres aux troncs rougeâtres qui m'avaient tant impressionné. J'ai appris que ces forêts sont les zones de chasse d'hommes qui traquent le chêne-liège. Ils le dépouillent de son écorce, laissant sa chair à vif. Cette peau est revendue aux artisans de l'île pour confectionner toutes sortes d'objets utilitaires ou décoratifs. Une grande partie de ce liège est exportée vers l'étranger.

Voilà un travail pour nous. Il ne demande aucune qualification et, de surcroît, n'est pas illégal. Je me charge d'obtenir l'accord des propriétaires des parcelles de forêts alentour. Salvatore recrute au village les garçons et les filles dont nous avons besoin pour arracher le liège et le transporter contre un salaire proportionnel à la quantité récoltée.

Jusqu'à la tombée de la nuit, tous s'affairent aux pieds des arbres ; rassemblent et attachent en fagots les morceaux d'écorce que nous détachons des troncs. Nous travaillons sans relâche, avant de nous endormir à la belle étoile, exténués de fatigue.

À l'aube, les plus gaillards transportent les fagots sur leur dos jusqu'à une charrette que deux bœufs tractent vers la route la plus proche. Là, un camion attend sa cargaison. Salvatore et moi prenons place aux côtés du chauffeur et nous mettons en route, à pleine charge, pour un voyage de cent quatre-vingts kilomètres par des routes sinueuses jusqu'au port d'Olbia, au nord de l'île. Là, un grossiste évalue la marchandise à son poids et en négocie le prix en fonction de son cours et de notre inexpérience.

En fin de journée, le chauffeur annonce notre retour au village à grands coups de klaxon. Nous sommes épuisés, mais heureux de tenir en poche, pour la première, fois des billets gagnés honnêtement à la sueur de notre front. Une somme comme nous n'en avons jamais possédé. Plus que tu n'en as jamais gagné en une seule journée, toi le berger. Nous avons l'esprit en feu, la tête pleine d'ambitions pour ce commerce qui va nous enrichir.

Nous brandissons nos billets sous les yeux de ceux qui accourent vers nous. Le chauffeur est rétribué, l'essence payée, les intérêts du propriétaire des terrains mis de côté. La somme qui reste est divisée équitablement. À chacun son tour, pas de bousculade. Tout le monde aura sa part du magot, de cette liasse de billets qui décroît inexorablement entre mes mains, aussi rapidement que notre enthousiasme. Inutile de refaire les calculs Salvatore. Voilà tout ce qui reste à nous partager. Tant d'efforts pour ça !

Le moral n'est pas au plus haut. Mais on ne peut pas s'arrêter là. Il reste de nombreuses parcelles de forêt à exploiter. Nous sommes à pied d'œuvre à l'aube et les jours suivants. La récolte se poursuit, les voyages en camion se succèdent, nous négocions le prix de la marchandise avec plus de fermeté et, petit à petit, nous parvenons à constituer un petit pécule.

Le travail est particulièrement difficile lorsqu'il fait chaud. Nous travaillons torse-nu. Notre peau griffée rougit sur les piqûres irritantes que nous infligent les moustiques durant la nuit. Nous ressemblons aux arbres écorchés qui nous entourent, à perte de vue maintenant, sur des parcelles entièrement dépouillées de leur liège.

Il est temps de faire les comptes, d'additionner les bénéfices de ces longues journées de travail qui nous laissent au soir totalement épuisés. Le bilan n'est pas à la hauteur de nos espérances et les perspectives bien maigres. Sept longues années sont nécessaires au chêne pour qu'il régénère son écorce.

Que pouvons-nous tirer de cette terre désormais ? Que peut-elle nous donner maintenant que nous avons pressé son raisin jusqu'à la dernière goutte de son sang et arraché jusqu'à la chair la peau de ses arbres ?

***

Au retour de la saison des vendanges, nous ressortons notre attirail de bouilleur de crus de la grotte où nous l'avions dissimulé. Mais Voilà que le ciel s'en mêle. J'inspecte la canalisation en remontant depuis notre repaire jusqu'à la source. Les tiges de bambou sont bien en place, aucune fuite. Le problème est plus grave que je ne le pensais. La source a tari. Il fallait s'y attendre. Voilà des mois qu'il n'est pas tombé une goutte d'eau.

Les bigotes peuvent toujours brûler des cierges, cela n'y fera rien. La colère des Dieux sera terrible. Elle éclate soudain, un jour ou une nuit, on ne sait plus. Depuis l'Olympe, Zeus déclenche un orage terrible sur la région. Des pluies diluviennes s'abattent sur notre village. Elles ne semblent jamais vouloir cesser. Des torrents d'eau dévalent depuis les hauteurs, emportent la terre, recouvrent les rues de boue. L'eau envahit tout, fragilise les habitations et menace notre village accroché au flanc de la montagne d'un glissement de terrain.

Qui écoute encore le récit que font les anciens de mémorables intempéries ? Leur sérénité ne suffit plus à apaiser les inquiétudes. La nuit, mon sommeil est perturbé par le bruit de la pluie qui frappe le toit. Le déluge se mêle à mes rêves, l'eau emporte tout sur son passage, pénètre à l'intérieur des maisons, révélant au grand jour une multitude de petits cadavres de bébés à moitié dévorés par les vers.

L'église offre un abri aux délogés. Elle résiste à cette eau qui s'insinue partout et baigne les genoux fléchis des fidèles rassemblés dans les travées pour opposer à la force des éléments déchaînés la ferveur de leurs prières.

Il fallait au moins une catastrophe biblique pour que je me réfugie ici avec vous, grand-mère, ma mère et les trois enfants qui vivent sous son toit. Vittorio, Lucia et Emilio, le dernier, né il y a seulement un mois. Le curé ne m'a pas vu souvent à l'office. Enfant, je n'étais pas assidu au cours de catéchisme. La foi inconditionnelle des fidèles de la paroisse troublait ma conscience. Le spectacle des bigotes avançant à genoux jusqu'à l'église un jour de fête religieuse a forgé mon opinion. J'ai choisi mon camp. Embusqué aux abords du presbytère, je me joignais à ceux qui poussaient des croassements sur le passage de l'homme en noir.

Le curé improvise une cérémonie de baptême pour mon petit frère. Il n'aurait pas été convenable de reporter davantage l'heure du sacrement. Il est urgent de recommander son âme à Dieu. Sur cette île, la mortalité infantile est encore importante, il faut sans tarder purifier l'âme des nouveau-nés, afin que se présentent au Seigneur qui les aura rappelés à lui des chrétiens lavés du péché originel. J'observe, amusé, son fidèle serviteur, les pieds dans l'eau, baigner le front dégarni d'une nouvelle brebis.

Les prières sont sans effet. La pluie ne cesse pas. Aucune messe n'endigue les inondations qui provoquent des éboulements, arrachent des poteaux électriques, emportent des ponts, obstruent les voies de communication. Il faut se rendre à l'évidence, grand-mère, les maisons ne résisteront pas longtemps aux assauts du ciel. Ceux qui on bâti ce village sur les hauteurs il y a plusieurs siècles redoutaient les invasions barbares. Aujourd'hui, le péril ne vient plus de la mer, mais du ciel. Vous devez vous résigner à quitter ce village. Il est temps d'évacuer les habitations, grand-mère, d'emporter tout ce qui peut être sauvé des eaux vers une commune voisine épargnée où les bâtiments publics nous serviront de logements de fortune.

Après six jours de pluies ininterrompues, le site est devenu trop dangereux. Parmi les derniers irréductibles, vous vous laissez convaincre qu'il faudra abandonner votre maison pour une de ces cabanes préfabriquées que l'on installera provisoirement sur l'emplacement d'un nouveau village, moins exposé aux glissements de terrain, à quelques centaines de mètres d'ici. Vous comprenez qu'il faudra du temps pour que commencent les travaux, à un endroit où ne pourra se reproduire une telle catastrophe.

Ma génération n'a ni votre patience ni votre sagesse. Pour que l'ennui et le désœuvrement ne s'ajoutent à l'accablement, les responsables du chantier embauchent les jeunes hommes du village. Je suis employé à la fabrication et au transport des parpaings qui serviront à l'édification des habitations. Finis les petits boulots et combines de toutes sortes. Tant pis si ce labeur éreintant me laisse au soir épuisé et sans forces. J'exerce pour la première fois un travail rétribué par un salaire régulier. Et, le soir, exténué par ma journée de labeur, pour la première fois depuis l'âge de 6 ans, je m'allonge de tout mon long sur un vrai lit. Avec mes économies, j'ai acheté un sommier ferme et un matelas confortable sur lequel je m'endors aussitôt.

La mairie sort de terre, puis est érigée l'église et la caserne des carabiniers. Les travaux avancent lentement malgré le défi que nous lancent les habitants de Gairo, le village perché de l'autre côté de la vallée. Tel un miroir, il nous renvoie le spectacle de notre triste sort. Ses maisons ont également été abandonnées après les dégâts occasionnés par les pluies. Un nouveau village est reconstruit à quelques centaines de mètres du premier. Sur un emplacement situé plus en hauteur apparaissent les premières maisons qui reflètent l'avancée de notre propre chantier. Fidèle à la rivalité qui oppose les deux communes, c'est à celle qui sera rebâtie la première.

Lentement, la vie reprend son cours. Les façades affichent leurs couleurs tandis que, plus bas, les ruines abandonnées, décrépites, perdent les leurs. Le soir, aux dernières heures du jour, on aperçoit depuis Osini les silhouettes pâles des bâtisses du village fantôme de Gairo sur lesquelles se détachent, par contraste, les trous sombres des fenêtres, telles des orbites évidées. À l'approche de la nuit, apparaissent ainsi autant de têtes de mort qui renvoient au vieux village d'Osini le spectre de sa propre destinée tragique.

Petit à petit, les rues abandonnées sont envahies par la végétation. Des plantes grimpantes recouvrent les murs. Des figuiers traversent le plafond de maisons pour fleurir à l'étage supérieur où la toiture s'ouvre sur le ciel. Tandis que plus loin l'électricité apporte désormais la lumière le long des rues où s'érigent de nouvelles habitations, les ruelles abandonnées plongent dans une obscurité inquiétante à la tombée de la nuit. Ce village fantôme, figé dans l'instant de sa perte, peuplé par les souvenirs de mon enfance, devient le terrain de jeux des enfants. C'est un décor de bataille, un repaire de brigands. Ils s'y pourchassent, y dissimulent des trésors imaginaires volés à une bande rivale.

À la tombée du jour, mes camarades et moi nous emparons des lieux, chassons les gamins qui y traînent encore, avant de nous retrouver dans une de ces maisons abandonnées où on accède par une ouverture béante de la façade sur la rue.

Ce soir, nous sommes plus nombreux qu'à l'habitude. Tout au long de la journée, un vent de conspiration s'est propagé de bouche-à-oreille, d'un bout à l'autre du village, au gré des groupes qui se formaient ici et là. Au passage d'un adulte, les garçons interrompaient leurs conciliabules. Les filles trop curieuses étaient rabrouées sans ménagement et si notre comportement a pu intriguer les anciens assis sur les bancs publics, personne n'a trahi notre secret.

À la tombée du jour, chacun s'est éclipsé discrètement de son domicile pour ne pas attirer l'attention et éveiller les soupçons d'une mère qui aura peut-être remarqué que, contrairement à l'habitude, son fils a mis des habits propres et embaume la savonnette. Car cette nuit ne sera pas comme les autres : pour la plupart d'entre nous elle restera gravée dans notre mémoire.

Cela va se passer dans la salle de classe de l'ancienne école. Ses murs et son toit ont résisté à la force de l'eau. Ce local, qui accueillait autrefois de jeunes enfants, devient un sujet de plaisanterie pour les plus âgés des garçons qui chambrent leurs cadets, tout juste sortis des jupes de leur mère, intimidés par ce qui les attend.

Chacun à sa façon trompe ainsi l'impatience mêlée d'inquiétude qui habite désormais cette assemblée nocturne. Je ne suis pas le plus serein. À l'extérieur, je guette fébrilement le retour de ceux qui sont partis ce matin tôt et qui ont promis qu'ils ne reviendront pas bredouilles, que l'on peut compter sur eux. La route est longue jusqu'à Cagliari, la grande ville. Mais ils connaissent le chemin. Plusieurs fois, ils ont fait le voyage. Là-bas, ils savent où aller. Ils connaissent ces quartiers où les gens de bonne famille ne s'aventurent pas.

Le bruit d'un moteur se fait entendre. Tout le monde se tait. De nos poitrines se feraient presque entendre les battements amplifiés de nos cœurs s'ils n'étaient couverts par le vrombissement de l'automobile qui s'approche. Ce sont eux.

Tous les regards se tournent vers celle qui descend du véhicule. D'une démarche lascive, elle avance vers ces garçons désormais tous aussi embarrassés et penauds les uns que les autres.

Face au silence gêné qui s'est emparé de la troupe, elle prend les devants, examine les lieux, règle la question de l'argent. Tous, polis et disciplinés, se plient ensuite au rituel que supervisent les initiateurs de ce rendez-vous. Chacun se range selon son courage ou sa timidité dans ce défilé qui, tout au long de la nuit, rendra les honneurs à ce corps qui se vend contre leurs économies.

Je suis de ceux qui vont accomplir leur premier fait d'armes. Mais je dois encore patienter, attendre mon tour et lutter contre le trac qui m'envahit et me fait presque perdre mes moyens lorsqu'enfin vient le moment pour moi d'affronter l'inconnu.

Je rentre chez nous en plein milieu de la nuit, plus discrètement que jamais pour ne pas vous réveiller, heureux de pouvoir me glisser dans mon lit avant la levée du jour pour avoir eu la chance de passer parmi les premiers d'une troupe qui là-bas défilait encore.

Le vieux village retrouve des couleurs à l'occasion de la fête de *San Giorgio*, le saint patron de l'église dont les murs sont restés debout. Des guirlandes de fanions pendent aux arbres qui bordent la place. Devant l'estrade, les enfants regardent avec des yeux écarquillés les joues du joueur de *Launeddas*, démesurément gonflées par l'air qu'il insuffle dans son instrument. Ses doigts modulent un son aigu et nasillard en courant sur les trous percés le long de trois tiges de roseau de longueurs différentes. Durant de longues minutes, sans s'interrompre, il garde en bouche les embouts de bois, soufflant en continu l'air qu'il inspire par le nez. Il laisse la place aux deux concurrents des joutes poétiques qui chantent à tour de rôle des vers improvisés à partir d'un thème tiré au sort. Maintenant, un accordéoniste entonne des airs traditionnels qui donnent le rythme à des danses qui entraînent un public rassasié par le repas et émoustillé par le vin que la municipalité offre à tous ce soir-là. Les garçons s'enhardissent à rejoindre les pas d'une danse qui autorise les hommes à se joindre entre eux, bras dessus, bras dessous, en de longues farandoles. Ils s'entraînent d'un bout à l'autre de la place du village, de petits pas en grandes enjambées, dans un va-et-vient qui ne voudrait pas finir.

La musique s'interrompt brusquement. Les joueurs de *morra* se taisent et se dispersent dans la foule que fendent les carabiniers. La fête est finie, le bruit doit cesser. Rentrez chez vous, annoncent les représentants de l'ordre. Mais il est à peine minuit, rétorque un jeune qui rechigne. Un autre, grisé par le vin, le rejoint, auquel s'associe un groupe où je me mêle. Nous protestons. Nous refusons de quitter la place, défions les hommes en uniforme déterminés à interrompre les festivités. On s'invective, on se bouscule, la mêlée tourne à la rixe. Nous sommes plus nombreux, prenons le dessus, désarmons les carabiniers qui sont roué de coups tandis que je m'extrais de cet affrontement furieux, me saisis d'un outil de cordonnier affûté et crève les quatre roues du véhicule des forces de l'ordre. Tous se joignent à moi alors pour précipiter l'engin au bas d'un grand escalier dans une chute spectaculaire où exulte notre rage collective.

J'émerge lentement du brouillard. Je suis allongé sur la paillasse d'une cellule. Je garde un souvenir confus de ce qui c'est passé ensuite. Nous nous sommes dispersés, l'esprit embrumé par l'alcool ingurgité, conscients de la gravité de notre acte, mais leurrés par le sentiment d'impunité des protagonistes d'un forfait collectif.

Je revois maintenant cette voiture de police qui m'a surpris à l'aube, sur la route, à la sortie du village. Les carabiniers m'ont interpellé sans ménagement et conduit à la caserne de Gairo, de l'autre côté de la vallée, telle une prise de guerre des habitants de notre village ennemi.

Je ne suis pas seul. Quatre autres garçons d'Osini partagent cet espace exigu pour avoir participé aux incidents de la veille. On crâne un peu. Nous sommes des truands, des rebelles, des durs de durs. Mais depuis une petite ouverture grillagée, j'aperçois au loin notre village. Vous devez vous demander où j'ai bien pu passer, grand-mère. Que penserez-vous de moi lorsque vous saurez ? Quant à toi, j'imagine facilement que tu te réjouiras de mon sort. Voilà tout ce que mérite un voleur de bétail. Tu ne me pardonneras jamais le tort que je t'ai fait.

On nous transfère à la prison de Lanusei, la grande ville. Nous sommes placés dans des cellules séparées. Aucun de nous ne fait le fanfaron désormais. L'heure n'est plus à la plaisanterie. Je me retrouve en compagnie de vrais truands, tous plus âgés que moi. Ils me font bon accueil, attendris par mon jeune âge et amusés par le récit que je leur fais du tour joué aux carabiniers de mon village. Nous parlons. Nous avons le temps. Mon jugement n'aura lieu que dans soixante-dix jours. Je suis intimidé par ces trois bandits qui partagent ma cellule pour avoir attaqué un autobus et dépouillé ses occupants. Le quatrième qui répond d'une condamnation pour meurtre m'impressionne davantage encore. Il me raconte ses errances. Il avoue volontiers un certain nombre de délits. Mais s'il reconnaît être un de ces voleurs de bétail qui sévissent dans les pâturages sardes, il nie toute responsabilité dans l'assassinat de ce carabinier pour lequel on l'a arrêté. À mon tour, je lui raconte mes forfaits, comment j'ai dérobé un agneau à la manière des bandits de grand chemin. Mais je ne lui dis pas que l'animal appartenait à mon père et que c'est pour cela que je reste derrière les barreaux. Parce que tu ne veux pas payer la caution qui me permettrait de sortir. Pour me donner une bonne leçon, dis-tu. Pour me mettre du plomb dans la tête. Mais ce n'est pas plus mal ainsi. Les copains seront bluffés par le récit que je leur ferai de mon séjour en prison et de ce que m'a raconté cet homme condamné à croupir soixante-quatorze années encore dans ce trou.

Tu aurais bien aimé que se prolonge mon incarcération. Mais je suis encore mineur. Légalement, je suis toujours sous ton autorité. Même si tu n'en as jamais usé. Tu te demandes bien quoi faire de moi qui erre de petits boulots en petits boulots. Vivement que j'atteigne mes 21 ans et que l'on m'appelle pour le service militaire. Tu seras débarrassé de moi puisque qu'on m'incorporera certainement dans un régiment basé sur le continent. Deux ans sous les drapeaux devraient m'apprendre à marcher droit.

Ne t'inquiète pas. Je n'ai pas l'intention de moisir dans ce pays. Mais pas question de partir à l'armée. Je déteste les uniformes. Le seul uniforme que je n'ai jamais porté est celui de l'école. Cette blouse derrière laquelle nous étions tous égaux, enfants pauvres comme fils de propriétaires terriens ou de commerçants. Là, j'ai appris à lire et à écrire. Je n'ai pas besoin de l'armée pour ça. Qu'elle enrôle tous ces pauvres bougres qui n'ont pas eu la possibilité de s'instruire. Ils embarqueront volontiers sur ce bateau qui les emmènera pour la première fois sur le continent. Le service militaire leur offrira une chance d'échapper à leur condition et, durant deux années, l'assurance d'un toit et d'un couvert.

Tu t'empresses de m'apporter cette lettre marquée du sceau de l'administration militaire qui est arrivée à ton adresse. Je l'ouvre devant toi et ne trahis aucune émotion à la lecture de cette convocation à la visite médicale préalable à l'enrôlement des appelés du contingent.

Cagliari est une grande ville bruyante et agitée. Je ne sais plus où donner de la tête. Je cherche mon chemin et manque de me perdre. Je suis à deux doigts de me faire écraser en traversant une rue. Un carabinier m'aboie dessus puis me dirige vers d'autres jeunes hommes, hagards, qui marchent dans la même direction. Je rejoins le groupe, me mêle à cette troupe désordonnée de jeunes recrues qui arrivent de toute l'île, que l'on parque, aligne et dénombre. À mon tour, je suis examiné, pesé, mesuré, avant que ne s'abatte sur le formulaire réglementaire un coup de tampon qui me déclare apte au service.

Je ne m'attarde pas plus longtemps dans cette ville. Le trajet en autobus est long jusqu'au village. Il me laisse le temps de réfléchir et de prendre ma décision : je ne me joindrai pas à cette cohorte d'agneaux dociles qui vont renouveler pour deux longues années le cheptel de l'armée italienne.

Voilà longtemps que l'idée germe dans mon esprit. Comme dans celui de tous les garçons du village. Elle a fait son chemin et le projet est venu à maturité : je partirai à l'étranger. Vers ces pays dont on voit des images dans les films projetés dans la toute nouvelle salle de cinéma, là-bas à Iersu, où un sentier qui traverse la campagne nous conduit au plus court, à la tombée de la nuit. Dans l'obscurité de la salle, je m'évade de cette île le temps d'une séance. Je rêve de faire fortune au-delà de la mer. Et peut-être de rencontrer la gloire, comme Amédéo Nazzari, l'enfant du pays, qui est devenu une vedette de cinéma, le héros de tous les jeunes Sardes avec son allure à la Errol Flynn. Ce soir, la salle est pleine à craquer car son nom figure en haut de l'affiche. Juste au-dessus du titre : *I figli di nessuno* (fils de personne). Ce film raconte une histoire qui fait couler des larmes même dans les yeux de ceux qui ne comprennent pas les paroles que prononcent en italien Amédéo Nazzari. Il joue le rôle d'un homme de bonne famille que sa mère envoie à l'étranger pour l'éloigner de cette fille pauvre qu'il souhaite épouser. La méchante femme garde les lettres que la jeune femme écrit à son amoureux pour lui apprendre qu'elle est enceinte puis qu'elle a accouché d'un bébé que sa grand-mère enlève, cache, puis fait passer pour mort dans un incendie. Moi je n'ai pas pleuré, mais par la suite, j'ai un peu perdu le fil de l'histoire.

Je ne peux plus accompagner mes camarades au cinéma. Le boulanger m'a pris à son service. De la tombée du jour jusqu'à l'aube, je m'affaire entre le pétrin et le four. Une fois de plus, je m'emploie à une besogne qui m'impose de lutter contre le sommeil. Dans la montagne, je conduisais mon troupeau à la fraîcheur de la nuit. À l'abri des curieux, sous un ciel étoilé, je restais éveillé pour surveiller la distillation de l'eau-de-vie. Rester toujours éveillé, ne pas m'endormir, ne pas me laisser prendre par les rêves ni tourmenter par les cauchemars.

Mais j'aime ces moments passés dans le fournil. Je retrouve cette solitude que j'avais apprivoisée lorsque berger je n'avais pour compagnie que mes moutons. De ces heures à rester debout quand tous dorment, se dégage une atmosphère particulière. Tandis que dans les maisons endormies les esprits assoupis voguent au gré des rêves, seul éveillé dans le silence de la nuit, il me semble demeurer d'autant plus lucide et conscient. Tout comme j'aperçois les premières lueurs de l'aube avant tout le monde, j'entrevois, clairvoyant, ce qui se dessine devant moi. Mon avenir est au-delà de cette mer qui au loin rejoint le ciel et barre d'un trait mon horizon.

Avant que les carabiniers ne viennent frapper à la porte de ma grand-mère pour me conduire à la caserne, je dois dénicher coûte que coûte un contrat qui me permettra de partir pour l'étranger. Ici, jusqu'aux villages les plus reculés, l'administration se charge d'enrôler les volontaires pour l'exil. En France, en Allemagne, des entreprises manquent de bras. Je viens d'avoir vingt et un ans. Je suis majeur, je n'ai plus besoin de ton autorisation pour quitter le pays.

Dès que j'aurai décroché la promesse d'un engagement qui m'autorise à pénétrer sur un sol étranger, je jetterai mon tablier, abandonnerai ce travail harassant et m'embarquerai sur le premier navire pour tenter l'aventure.

Le temps presse. J'ai reçu ma convocation. Les jours qui me séparent de la date de mon enrôlement seront peut-être mes seuls moments d'homme libre avant que l'armée ne m'emporte avec elle pour deux longues années.

Pour l'heure, il me faut ranger mes outils de travail et mettre de l'ordre dans le fournil. Je rentre chez-moi. Dehors le soleil est déjà haut dans le ciel.

Indifférent aux bruits de la rue, je sombre dans un sommeil réparateur, allongé de tout mon long au creux de mon lit.

Je dois me reposer, car aujourd'hui est un jour de fête. Mon patron a accepté de m'accorder ma soirée. Les membres du Parti communiste ont suspendu des lampions aux arbres à l'occasion de *La festa del'unita*. Cette fois, je me tiendrai à carreau. Les carabiniers seront sans indulgence pour un client comme moi : voleur de bétail, bouilleur de cru et réfractaire à l'autorité policière. Je ne veux pas perdre mon travail. Il me faut réunir suffisamment d'argent pour payer la traversée en bateau vers le continent.

Avant que le son du *Launeddas* et de l'accordéon n'ouvrent le bal, des encouragements et des applaudissements retentissent autour des jeux organisés sur la place. Les plus jeunes participent à des courses en sac, tandis que leurs aînés s'affrontent lors d'épiques chevauchées à dos d'âne. L'épreuve « du mât de cocagne » provoque l'hilarité devant les glissades de ceux qui s'échinent à l'escalade de ce poteau de plusieurs mètres de haut recouvert de graisse. Lorsque le vainqueur décroche le lot fixé au sommet, ceux qui ont parié sur lui empochent leurs gains qu'ils misent sans hésiter sur le favori du prochain défi. Qui peut rivaliser avec celui que tous ici surnomment : « *il maiale,* » (le cochon), pour sa forte corpulence et sa réputation de grand mangeur ? Je ne pèse pas lourd entre mes deux adversaires. On nous attache les mains dans le dos et, au signal de l'arbitre, mes concurrents se jettent la gueule ouverte, tels des chiens affamés, sur l'immense plat de spaghettis posé devant eux. Je ne peux rivaliser avec ces goinfres qui enfournent et engloutissent en une seule fois de grandes bouchées de pâtes sous les encouragements du public. Alors je choisis une autre technique. J'approche ma bouche du bord du plat, saisis un spaghetti entre mes dents, puis l'aspire de tout son long, sans le mâcher, jusqu'à ce qu'il ait entièrement rejoint mon estomac. J'ingère ainsi mes spaghettis l'un après l'autre, sans faiblir. Bientôt, je rattrape mes adversaires devenus méconnaissables sous la sauce tomate qui dégouline de leur visage. Et tandis qu'ils s'échinent encore dans un horrible bruit de mastication, j'enfourne mon dernier spaghetti sous les acclamations de la foule.

Vous me secouez pour me tirer de mon lit. J'ai du mal à me lever. J'ai vomi toute la nuit et j'ai la gueule de bois. Je ne comprends pas ce que vous me dites, Salvatore. On me convoque. Une entreprise française est à la recherche de main-d'œuvre. Nous sommes une vingtaine au village à avoir été choisis.

Étrangement, je n'éprouve aucun enthousiasme. Je croyais être déterminé. Mais je ressens maintenant une soudaine angoisse à l'idée de partir. Je ne pars pas en voyage, je m'exile. Je vais m'embarquer pour un pays étranger, moi qui n'ai jamais quitté notre île. Je ne sais pas si je reviendrai et si je gagnerai là-bas suffisamment d'argent pour faire un jour la traversée dans l'autre sens.

Je pars, car je crois que c'est ce que vous voulez, grand-mère, même si nous n'avons jamais abordé ce sujet. On ne parle pas de ces choses, même si vous avez souvent deviné mes désirs et parfois devancé mes actes. Vous qui m'avez inscrit à l'école pour que j'échappe au destin des enfants de ma condition. Pour que je ne sois pas être condamné à l'ignorance. Avant que l'ignorance ne se transforme en une peur d'apprendre. Peur de savoir ce qu'il y a au-delà de la mer. Avant que je ne demeure à jamais prisonnier de cette terre.

Je dois fuir les fantômes qui hantent cette île. Les monstres qui la peuplent. Les démons qui tourmentent mes rêves. Tous ces êtres que mon imaginaire a longtemps parés de pouvoirs surnaturels pour conjurer la réalité. Je dois fuir cette île autrement que par le biais des récits que me lisait ma maîtresse. Ma place se trouve dans un bateau chargé d'immigrés, non plus parmi les compagnons d'Ulysse, à bord de son vaisseau ballotté par les dieux.

Mais je n'ai pas encore réuni la somme nécessaire pour payer la traversée. Tu devrais être content, *Arrabiau* de me voir partir. Pourquoi ne me prêtes-tu pas l'argent qui me manque ? Ton accoutrement de clochard ne leurre plus personne. Tout le monde sait que tu as des économies. Où les caches-tu ? J'ai trouvé des reconnaissances de dette en fouillant parmi tes papiers. Pauvre ignorant ! Tu prêtes de l'argent à des personnes qui se gardent bien de signer ce que tu leur dictes. Tu ferais mieux de nourrir ta famille.

Mais peut-être préfères-tu que je reste prisonnier de cette île. Cela te conforterait dans l'idée qu'on ne peut pas échapper à son destin. Un destin que tu n'imagines pas pouvoir diverger du tien. Si tu en avais le pouvoir, tu me retiendrais ici. Tel un agneau relié par le cou à un pieu solidement enfoncé dans le sol. Entravé par ce lien qui me condamnerait à tourner en rond, pour sûr, je perdrais la raison.

À vrai dire, en pensant à mon départ, je me réjouis par avance de contrarier une nouvelle fois tes désirs. Comme je crois maintenant m'y être toujours employé par le passé. Mais il me semble que je ne peux pas partir ainsi, sans que rien ne soit dit, sans que je ne t'aie exprimé tout le mépris que tu m'inspires. Te dire que tu as été un mauvais père et un mari indigne. En auras-tu jamais conscience ? J'ai reçu une instruction qui m'a appris à choisir les mots, à les affûter. Je pourrais t'asséner des paroles blessantes. Mais elles ne perceraient pas ta carapace d'homme rustre. Dois-je te meurtrir ? Te planter un pieu appointé dans l'œil qu'il te reste, avant de m'enfuir comme Ulysse de cette île maudite ?

Mais les dieux contrarient mes desseins les plus funestes. Un sort cruel se charge de te marquer dans ta chair, plus profondément que je n'aurais pu t'atteindre, désarmant ma colère…

Ce jour-là, j'éprouve une peine aussi grande que la tienne. Même si je ne pleure pas, si je ne dis pas un mot, si j'observe, immobile et silencieux, cette dépouille étendue au cœur des plaintes et gémissements qui secouent les corps des femmes accablées par la douleur. Mais je me sens étranger à la scène qui se déroule sous mes yeux, déjà loin dans ma tête de ce pays maudit. Ce drame ne me fera pas revenir sur ma résolution de partir pour l'étranger. Dans un mois, je m'embarquerai comme de nombreux jeunes hommes avant moi vers un pays qui m'offre la perspective d'un travail et d'une vie meilleure.

Je reste impassible pas lorsque tu arrives, hagard et que tu t'effondres sur le corps du fils qui vient de mourir. Devant ma mère et ma grand-mère, les amis et voisins recueillis autour du défunt, ta peine se transforme en rage devant le destin qui a pris le plus brave de tes garçons.

Tu pleures le seul fils que tu as su modeler à ton image. Le seul que tu as su enrôler à ton service. Celui qui est devenu berger comme toi. Tu as cru pouvoir disposer de lui selon ta volonté. Le garder toujours à tes côtés pour te seconder. Pourtant, lui aussi s'est rebellé lorsqu'il est devenu un jeune homme, quand il a compris que tu ne serais jamais disposé à le payer pour le travail que tu lui demandais. C'est pour cela qu'il a préféré louer ses services à cet autre berger. Celui qui a retrouvé son corps ce matin. Il venait de lui verser son salaire après un mois passé auprès des bêtes. Il l'a attendu en vain sur le lieu du rendez-vous qu'ils avaient fixé ensemble pour retourner au village sur le dos de son cheval. Vittorio s'était rendu à la rivière pour prendre un bain et se débarrasser de cette odeur forte et tenace que les animaux laissent sur la peau comme sur les habits que l'on ne quitte pas même le soir pour dormir. Le fils du patron n'a pas voulu l'accompagner là où il se rend toujours avec appréhension. À cet endroit où l'agencement des rochers forme une profonde retenue d'eau. Vittorio n'a jamais appris à nager.

Tu écoutes, hébété, le récit de ce drame. Engoncé dans tes mouvements d'homme rustre, tu es incapable d'esquisser le moindre geste vers ce corps froid et détrempé. Alors tu te tournes vers moi, ton fils aîné, qui reste là immobile et silencieux. Tu défies ce regard fixe et imperturbable que je pose sur les acteurs de cette tragédie.

J'entends sans broncher les invectives que tu m'adresses devant les personnes rassemblées autour de nous. Tu voues en enfer ce fils indigne, voleur de bestiaux, effronté et insolent, ce mauvais garçon qu'un séjour en prison n'a pas assagi. Si je m'en étais allé, si la mort m'avait choisi plutôt que Vittorio, sûr que tu n'aurais versé aucune larme, ni éprouvé la moindre peine.

Je ne laisse rien paraître, mais les paroles pleines de haine que t'inspire la douleur me meurtrissent plus que tu ne l'imagines. Tu ne sais rien de la blessure que ravive la perte de Vittorio. Tu n'imagines pas ce que j'éprouve à l'heure où mon jeune frère s'en est allé quand l'eau s'est engouffrée dans ses poumons pour y chasser son dernier souffle, comme dans ceux de ce bébé que des mains avaient maintenu immergé au fond d'une bassine, quinze ans plus tôt. Cette nuit où j'ai appris à retenir mes larmes, à cacher ma peine et mon désarroi, à taire ce qu'on ne pourrait entendre.

Ne te méprends pas sur mon silence. Même si, à tes yeux, il fait de moi un allié du destin qui t'accable, le responsable de ton malheur. Je reste mutique comme au lendemain de cette nuit, prisonnier de ce silence qui a fait de moi le complice d'un infanticide.

Je garde ce secret qui me contraint à me taire. Par mon silence, je te condamne à l'ignorance.

L'ignorance du mal que tu as fait, toi le père absent. Absent du foyer où les femmes règnent et gardent des secrets que tu n'imagines pas. Tu n'étais pas là lors de la naissance de tes enfants. Tu ne sais rien de la souffrance qui accompagne leur mise au monde, ni de celle qui peut pousser à leur mise à mort. Moi, j'en ai été le témoin. Mais je ne dirai rien. J'emporterai ce secret avec moi.

Je quitte cette île peuplée de monstres anthropophages. Je te condamne à voir t'échapper la destinée de ta descendance. Un sort tel que les dieux en infligent aux simples mortels. C'est celui que mérite le père que tu as été. Tu n'auras pas plus de prise sur mon destin que tu n'en as eu sur celui de mon frère.

Vous ne dites rien, grand-mère. Vous restez aussi mutique et impénétrable qu'au lendemain de votre crime. Je vous renvoie votre silence, comme dans un miroir. Je n'ai pas d'autre moyen pour communiquer avec vous, pour vous faire entendre que nous partageons le même secret. Un secret qui a creusé entre nous un abîme que je ne pourrai jamais franchir. Jamais je ne saurai vous révéler que je sais, que j'ai tout entendu, que j'ai compris ce qui se passait cette nuit-là. Jamais je ne vous dirai que je ne vous en veux pas et que je déplore seulement qu'une existence aussi pénible ne vous ait épargné une telle épreuve.

Vous qui m'avez sauvé, nourri et protégé. Vous qui avez pallié l'absence de ma mère et l'indifférence de mon père, vous êtes devenu pour moi l'être le plus cher au monde. Vous avez recueilli un enfant étranger à sa propre famille. Nous ne faisions qu'un blottis l'un contre l'autre dans ce lit. Jusqu'à cette nuit où je me suis exilé en moi-même, où ce drame a mis une distance entre nous. Je m'éloignais irrémédiablement de l'être dont j'étais le plus proche.

Un bateau m'a emporté loin de cette île vers une terre étrangère. J'ai découvert une autre langue, d'autres coutumes. J'ai appris un métier, rencontré mon épouse, fondé une famille. On nous a logés dans un appartement qui bénéficiait du confort d'un réfrigérateur puis du luxe que représentent une télévision et le téléphone.

Vous êtes décédée avant que je ne rentre au village pour vous raconter comment j'ai réussi à m'extirper de notre misère. Celle qui se lit sur votre visage que me remémore la seule image que je garde de vous. Vous portez un fichu sombre sur la tête. Votre regard est las, vos traits tirés. Cette photographie d'identité ne bouge pas de la vitrine de notre buffet de cuisine.

Depuis, je vous retrouve en rêve chaque nuit, pour poursuivre une conversation qui n'a jamais commencé. Nous parlons de tout et de rien, des uns et des autres, de mes enfants qui ne vous ont pas connu. Un jour, je leur raconterai notre histoire. Quand ils seront grands. Mais ça ne sera pas facile de trouver les mots, de leur faire comprendre pourquoi j'ai tant aimé celle qui avait tué l'enfant que j'étais.

FIN.